我想逮住你的目光（上）

～祕密的三角習題～

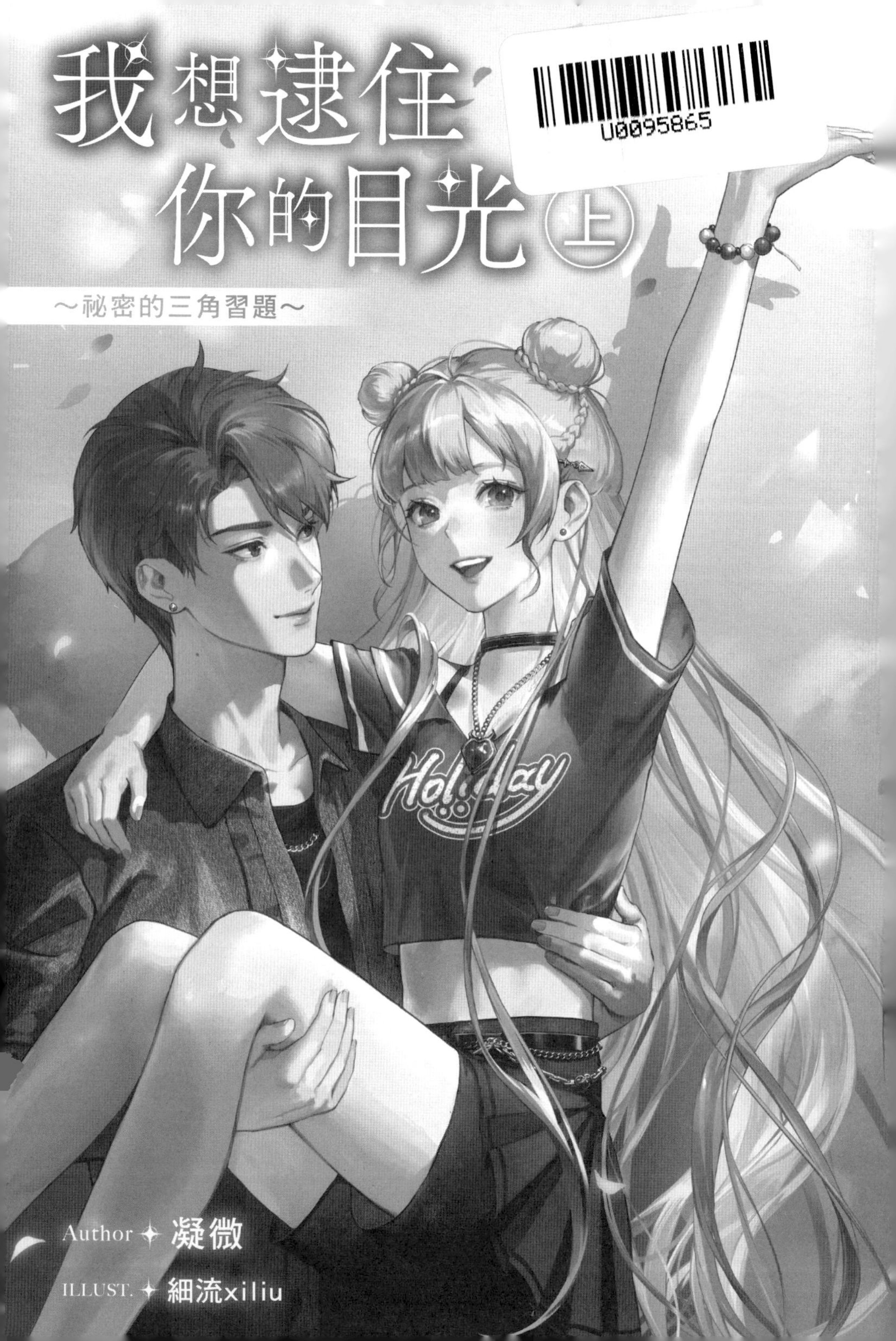

Author ✦ 凝微
ILLUST. ✦ 細流xiliu

Contents

序章

鍾情的城堡

艾薇不闖禍的時候，簡直就是天使。

她的個子比同齡的人更嬌小，留了一頭長過小腿的奶油金色鬈髮。膚色白皙，五官小巧精緻，一雙晶亮的桃花眼十分有靈氣。

在多數孩子的記憶中，她總是拖著長髮在木質地板上走路，看似隨意，髮絲卻光滑柔順，彷彿沐浴在陽光下的金色綢緞。

「剛才院長送我的，要不要一起吃？」

孩子們坐在巧拼上畫圖，有的人認真專注，也有人心不在焉。但在她的清脆嗓音響起時，每個孩子都放下了畫筆，一起望向她。

艾薇的手裡捧著一盒夾心餅乾，帶著笑意而來。

「艾薇！妳來了！」其中一個男孩特別黏她，見到她走進教室，便扔下畫筆，朝她跑過去。他十一歲，和艾薇的年紀相同，看起來卻比她還稚氣。

見狀，艾薇笑咪咪地遞出造型優雅的鐵盒，男孩迫不及待地伸手拿了一個夾心餅乾，眼看就要送入口中，卻被她制止。

「等一下！老師說過，吃點心要一起開動。」艾薇像個小大人般搖了搖手指，笑著望向站在孩子們中間的育幼院老師，「對吧？」

老師捧著一邊臉頰，欣慰她記住了自己說過的話，「對，艾薇很懂事呀。」

不知道為什麼，她一直都覺得艾薇是個特別惹人憐愛的孩子。她不只長相可愛，做什麼都特別討喜。至於原因……她至今未想通。但是嘛，喜歡一個小孩子也不需要理由吧？

老師就那樣望著艾薇把餅乾分給在場的孩子們，等她拿到自己面前時，她客氣地笑著說不用。艾薇粉唇微噘，似乎感到很可惜，她手中的鐵盒還剩下一塊餅乾。

「可以吃了嗎？」男孩看著手中的夾心餅乾，一臉快流口水的樣子。

艾薇沒特別說什麼，只對大家淺淺地笑。桃粉色的雙眸瞇成一道彎，像甜甜的粉紅月亮，和她明朗的笑容一起擠在精緻小臉上。

那個午後，上繪畫課的孩子們有餅乾吃，還有全育幼院最可愛的女孩陪，簡直太賺了。直到……第一個把餅乾咬碎的男孩發出尖叫聲。

「噗！好、好涼！」

「嘔嘔嘔……」

「噁，這是什麼口味？」

「老師——」

嗆咳的聲音此起彼落，老師慌張地拿走男孩吐在掌心的餅乾，反覆查看，對上艾薇的目光時，她無辜地聳了聳肩說：「這是薄荷口味的餅乾！」

「薄荷哪有那麼……」

「啊，因為那是牙膏嘛。」艾薇揭曉了謎底，笑得如銀鈴般清脆。還在手中的餅乾，她果然一口都沒吃！

「艾薇！妳怎麼可以做這種事！」老師花容失色，連忙要大家把餅乾吐掉。忙亂一會兒，她才忿忿地望向惡作劇的女孩。

艾薇不闖禍的時候，簡直就是天使。

因為她平常根本是惡魔！

「哈哈！」艾薇笑個不停，在教室裡跑給老師追。綢緞般的金髮在巧拼上隨著她的腳步輕盈躍動，就像揮舞彩帶的精靈。

「艾薇，妳不——」老師跑得氣喘吁吁，正要罵她，艾薇卻忽然停下腳步，爛漫回身。

大家都看著她，她很習慣了。她喜歡那些目光，因為……

「別生氣。」艾薇把手揹在身後，白皙的臉孔揚著笑。

艾薇的桃粉色雙瞳漾起一層薄霧般的白金光芒，接著，整個眼眶都被亮麗的金色浸染。

這一幕似曾相識，但沒有人意識到那是怎麼回事。

「大家不用擔心，牙膏吃下去不會怎樣喔！艾薇，妳不要再那麼皮了，知道嗎？」老師卡在喉嚨的罵聲忽然來了個急轉彎，她上前摸摸艾薇的頭，本來要機會教育，卻忍不住說：「哎，小孩子就是皮，也沒辦法……」

不和諧的轉變竟無人注意，所有吃下惡作劇餅乾的孩子都對艾薇露出寬容的笑。在這裡，沒有人會追究她的錯，彷彿那是世界的法則。

「你們真好！」艾薇發自內心地對大家說。

「因為大家都很喜歡妳。」有個孩子這麼說了，其他人想，那也是他們的心聲。

不管怎樣，他們都會無條件喜歡艾薇。但，那又是為什麼呢？

十幾歲的孩子無法思考這麼難的問題，不一會兒又開始畫圖。有好多孩子說想畫艾薇，都被她禮貌拒絕了。

「老師，我要回去了。」艾薇再次抱著鐵盒離開，走到教室門口時，又朝大家揮了揮手。

每個孩子都笑著看她。她有一瞬間覺得，這裡就是她的城堡——

城堡裡，所有人都鍾情於她。

艾薇是在九歲時來到育幼院的。

一如半數來到這裡的孩子，她並不知道自己的爸媽是誰。大家都覺得她活在自己的世界裡，思維跳躍、古怪，卻又情不自禁地想多看她幾眼。

一開始，艾薇總是帶著無害的笑容到處交朋友，即使才九歲，卻像個小大人一樣機靈聰敏、善於交際。很多人都很看好她的未來，甚至期許她成為一位社交名媛，但在與艾薇相處幾個月後，大家才發現她有一個改不了的壞毛病——應該說，不只一個。

首先，她是個不折不扣的超級吃貨。她不只能吃下三人份的正餐，還會覬覦別的孩子碗裡的肉。雖然她不搶食，但被盯上的人看著她流口水的模樣，也總是忍不住把便當裡的雞腿夾給她。

還有，她很喜歡拖著那一頭長過小腿的金髮到處跑。雖然育幼院裡都是乾淨的木質地板和巧拼，但對正常人來說，把頭髮拖在地上走還是太奇怪了。

有人說她像是住在高塔裡的長髮公主，也有人說她是森林裡的精靈。總之，艾薇確實脫俗得不像人類。

不過，比起上述這些無傷大雅的奇怪特質，她最大的壞毛病是喜歡惡作劇。即使她的惡作劇並不會真的傷害到人，但還是多少為其他人帶來了困擾。

「喔？那是誰？」

離開教室的艾薇還抱著鐵盒，即使裡面只剩下一個「牙膏」餅乾，她也不放棄要尋找下一個惡作劇的對象。在走廊上散步沒多久，艾薇便見到一個讓她好奇的目標。

從背後看去，那男孩比她高出一顆頭。清爽的短髮浸染著橘黃色光澤，就像太陽一樣耀眼。他的步伐穩健，個子也比其他男孩高，讓她不禁猜想他是不是已經上國中了。

後來，似乎是感覺到背後有人盯著，橘髮男孩停下了腳步，俐落地回頭看。

深紅色的目光撞上她的，像一顆恆星砸進她的宇宙。

「嗨！」艾薇一向不吝嗇和新朋友打招呼，連笑容也是。

橘髮男孩望著那張金色的笑臉，莫名覺得有點刺眼。他打量了艾薇幾秒，好像沒什麼話想說。

「我叫艾薇，你剛來嗎？我沒看過你耶！」她不放棄地介紹自己，沒幾步就來到他面前。

他居高臨下地望著金髮女孩，有種眼高於頂的感覺。

「……不會踩到嗎？」他忽然說。雖然還沒變聲，但他的聲線在男孩之中也算低了。

「啊？」

「我說妳的頭髮。」說完，他還皺起了眉頭，像在質疑她，「那麼長，妳不會踩到嗎？」

「不會啊。」艾薇晃了晃頭，金髮像絲帶一樣柔軟地掃過她的臉頰。

「幹嘛不綁起來？」他竟退後了一步，似乎怕被她的頭髮碰到。

「綁起來就不像長髮公主了。」她其實不記得童話故事中的公主是什麼髮型。總之，她還是喜歡飄逸的長頭髮。

沒想到，男孩的眉皺得更深了。不過，皺在那五官分明的臉上，還是很好看。

「公主？奇怪的女生……」他本來好像還想再多吐槽她一句，但對上她的無辜眼神，又懶得說了。

艾薇看他轉身就走，只好大聲叫住他：「等一下！你叫什麼名字？你還沒告訴我耶。」

「狄爾。」男孩又停下腳步，看起來有點不耐煩。

她逮住了他勉強願意答題的瞬間，一連又問了好幾句。

「你上國中了嗎？」

「還沒。」

「為什麼我之前都沒看過你？」

「之前都在分院，今天轉來的。」

「那你幾歲呀？」

「……妳哪來那麼多問題？」

艾薇看他不耐煩了，只好笑著問：「喔，那你要不要吃餅乾？」

狄爾注視著熱情的金髮女孩，臉色看起來並不意外，似乎很習慣有人對他示好了。他本來想說不用，但她把手中的鐵盒子湊到他眼前，把她嬌小的臉蛋都擋住了，包含他的去路。

「甜的嗎？」

「唔……還好。」

他看了夾心餅乾幾秒，猶豫再三，才勉強伸手去拿，並在艾薇無害的目光下用鼻子聞了聞。

「喂，這是牙膏吧？妳竟然騙我吃這個？」狄爾馬上把餅乾丟回她的鐵盒，面露嫌惡。

啊，被發現了！她也不是沒有遇過謹慎的孩子，但很稀有。

艾薇忽然有點欣賞他的機靈，但眼下避免後續的麻煩才是重點。「狄爾，你看。」

狄爾不高興地看了看她，正想著她還有什麼把戲，便見到她的雙眸泛起金色的光，如同她的髮絲般引人注目。

他愣了一下，育幼院的鐘聲也在這時響起。艾薇似乎想起了什麼，丟下他就跑，速度快得像一隻長翅膀的精靈。

「狄爾，掰掰！下次再找你玩！」

「……」

狄爾望著她離去的背影，看她跑沒幾步又回頭大喊：「三點了，食堂有馬卡龍！我、我要趕快去搶！」

他又沒問。

狄爾不明所以地看著怪女孩的背影，沒多久，便把手插進口袋裡，大搖大擺地離開。

艾薇最後還是沒搶到馬卡龍。

但幸好，那個與生俱來的「天賦」，讓她成功從廚房阿姨的手中獲得兩顆粉色馬卡龍。她心滿意足地坐在食堂裡吃，收獲了不少關愛的目光。等她吃完後，又有人想把手裡搶到的甜點送給她。

艾薇想，這都歸功於那個出生後就緊緊跟著自己的美好天賦——

「鍾情」，她是這麼稱呼它的。

起初，她只是覺得周遭的所有人都對自己很好，但在稍微長大了一點之後，才發現那份「喜愛」源自於她的特殊超能力。簡單來說，只要她想，她可以讓任何人喜歡她。

具體是什麼時候發現的，艾薇也記不清楚了。她只知道，使用那份超能力時，自己的眼睛會在那一瞬間變成金色。不過，好像沒有人會注意到這件事就是了。

她曾想過，這該不會是遺傳吧？據說她是在山裡被發現的，說不定她是精靈的孩子，所以才遺傳了神祕的金色魔法呢。

不過對自己的身世，艾薇一向不會耗費太多心力去思考。畢竟，她在名為育幼院的夢幻城堡裡活得好好的，要是有誰想帶走她，她才不願意。

後來，她在童話故事書裡學到「一見鍾情」這個名詞。她雖然還不懂那是什麼意思，但她在那之後，便將超能力的名字取作「鍾情」。

真是浪漫呢，她想。

幾天後，艾薇驚訝地發現，那個名叫狄爾的男孩成了她的同班同學。他說他是從分院轉來的孩子，那麼，他應該不認識任何人才對。可是，他卻在短短的幾天內就和所有孩子打成了一片——正確來說，是所有「男」孩子。

狄爾好像不喜歡跟女孩相處。這是艾薇觀察他幾天的結論。

她還從老師的口中打聽到，狄爾跟她一樣十一歲，也跟她一樣有個「虛構」的生日。因為，他們都不知道自己的爸媽是誰。

「狄爾？」

艾薇在食堂跟朋友一起吃完午餐後，注意到坐在其中一張桌子上大笑的狄爾。狄爾就像個小霸王，周遭圍滿了崇拜他的「小弟」。明明剛來沒多久，就已經收割了所有男性領土。一群男生一邊吃飯一邊打鬧，嘴裡開著男孩子氣的玩笑，絲毫沒注意到艾薇靠近他們。

直到其中一個男孩發現她晃動的金髮，才高興地呼喚她：「艾薇！」

狄爾本來還在笑，卻在聽見她名字的瞬間稍微收斂了張狂的笑容，濃密深邃的眉眼散發著一股冷靜的傲氣，彷彿在宣告自己就是這裡的王者。

「下午有體育課，我們要不要一起玩？」艾薇遵守自己的承諾，說好了「下次」要找狄爾玩。

「體育課要跑步耶，妳不會跑太慢嗎？」狄爾是願意跟她說話，目光卻狐疑地掃了她的頭髮一眼。

「好玩就好了，一定要跑很快嗎？」艾薇不解地問他。

她是真心發問，狄爾卻覺得艾薇是故意和他唱反調。

「有比賽的話當然要贏啊。跟女生一組的話，很難贏。」狄爾說得很不客氣。

一旁的男孩連忙好聲好氣地幫艾薇說話：「狄爾！別看艾薇這樣，她跑很快喔！而且有她在的話就會贏！」

「為什麼？」狄爾困惑地看他。

她那礙事的頭髮那麼長，他不覺得她跑步能有多厲害。雖然上次搶那什麼馬卡龍的時候她腳步還挺快的，但操場上又沒有馬卡龍。太陽一曬，這個像公主一樣的傢伙肯定就投降了吧。

「因為艾薇是吉祥物啊！大家都喜歡的吉祥物！」另一個男孩熱情地附和。

吉祥物？她明明就是人。

狄爾不懂大家幹嘛把一個女生說成物品，但他仔細一想，或許這是代表其他人都會對她放水的意思。

「說什麼屁話？本大爺要光明正大地贏！」狄爾盯著她漂亮的臉蛋，卻對她的容顏無動於衷：「這傢伙肯定會使出什麼小把戲！」

「小把戲？」艾薇不知道他在說什麼。

其他人也不懂，紛紛望向老大狄爾。

「哼，就像把餅乾裡的奶油換成牙膏一樣。」狄爾雙手抱胸，似乎還惦記著上次的事，「她一定會耍小把戲讓其他人輸掉，我才不要這樣贏。」

狄爾心高氣傲，內心非常有原則。但艾薇也不會事事都搞怪，他肯定是誤會她了。

而且，她明明已經對他使出「鍾情」的魔法，為什麼他講話還是這麼不客氣？難道，這就是狄爾喜歡一個女孩子的表現？

艾薇完全搞不懂這傢伙，卻對他更有興趣了。

「你也有吃到牙膏餅乾？」其他孩子更在意艾薇的事，紛紛笑著誇讚她：「你不覺得艾薇真的很厲害嗎？她都能想到這些我們想不到的點子耶！」

「對呀！我跑去跟隔壁班的講，他們都說艾薇好聰明。」

此起彼落的讚揚聲弄皺了狄爾的眉，他完全無法理解這是什麼情況。

「喂，她惡搞你們，你們還幫她說話……嘖！算了。」狄爾說到一半便從桌子上跳下來，經過艾薇旁邊時，他不快也不慢地說：「妳去找別人，反正應該有很多人想跟妳一組。」

這幾天，他當然有觀察過總院裡的狀況。艾薇簡直就是大家的公主，不管她做什麼壞事，都沒有人會跟她計較。這種人，不管去哪一組都會很受歡迎，他就沒必要把不喜歡的傢伙留在身邊了。

「……狄爾！」沒想到，艾薇從身後叫住了他。

狄爾回頭，對上她桃色的雙眸。女孩一臉困惑，如同臉蛋一樣令人心悅的嗓音傳來：「你不喜歡我？」怎麼會有人這樣問？

狄爾感覺到自己的臉上出現一堆黑線。更別提那幾個在原地不動的男孩，站在艾薇身邊一字排開，簡直像邪教。

「……為什麼我要喜歡妳啊？」

「嗯？因為——」

艾薇的話只說了一半，就被突如其來的驚叫聲淹沒了。兩人轉頭，只見一個身形較胖的男孩搶走了他們桌上的所有養樂多，還抱著贓物一溜煙跑了。

「啊，又是伯特！他又來搶東西了！」有人不高興地大喊。

喔！是他？

艾薇知道育幼院裡有這麼一個慣犯，他狡猾得很，都趁老師不在場的時候搶走別人的食物。罵他也沒用，他下次還是會繼續搶。而且他的身子很壯，基本上沒有人能搶贏他。

艾薇也想過要用自己的超能力幫忙解決這件事，但伯特對她沒興趣，從來沒正眼瞧過她。

「這裡怎麼都是一些怪人啊？」狄爾不爽地碎碎念。

艾薇懷疑狄爾在說她，但她沒有證據。

忽然，狄爾用讓人難以置信的「光速」追了過去，不一會兒就把伯特堵在食堂門口，還突然跟他在地上打了起來。

「狄、狄爾？」她根本沒看過男生打架，只能驚慌地追過去。

這時間的食堂沒有老師在，唯一的廚師大叔不在崗位上。艾薇左顧右盼，找不到大人來幫忙。

「靠！你打我幹嘛！」

「搶東西還這麼囂張！」

伯特不知道從哪裡學來髒話，狄爾也不知道為什麼那麼會打架。

艾薇看得暈頭轉向，只好出聲勸架：「喂，你、你們別打了，會痛……」

「又不是妳被打，痛什麼？」狄爾還有空檔回她。

「叫他別打了啊！野蠻人！」伯特處於下風，不停哀哀叫。

「靠，你說誰野蠻啊？你這臭強盜！」

「老、老師救命……」

艾薇暈呼呼地想，原來狄爾也會說髒話。他還那麼會打架，肯定比自己更壞。但為什麼還有那麼多人喜歡他？

艾薇的腦子糊成一團，不知道要先思考這件人生大事，還是先跑出去找大人求救。幸好，上完廁所的廚師回來了，他站在食堂的另一側，望著這混亂場面，一臉不敢置信的樣子。

艾薇像找到救星一樣，轉身望向廚師大叔。

「叔叔！他們在打架，快來幫忙！」

一群孩子跟著廚師大叔跑過來，看來，是那些男孩跑去廁所叫他的。艾薇只顧著看大叔，沒時間注意身後的兩個孩子打成什麼慘況，就在他們跑到她面前時，大家的腳步忽然頓了一下。

那瞬間，他們的臉上閃過茫然的神情。

艾薇也愣了一下，不明白發生什麼事，只好下意識地往後看。

狄爾已經好好地站在她的身後，還粗魯地把伯特從地上拉了起來。

「大叔，這傢伙搶走我們的養樂多，還自己摔倒。」狄爾言簡意賅，省略了不少細節。

廚師大叔這才大夢初醒，出聲訓斥膝蓋紅腫的伯特，「伯特！我不是跟你說過，不能亂搶別人的東西？我要跟你們班的老師講，你跟我過來。」

艾薇默默地看著一臉茫然的伯特被大叔抓走，才小心翼翼地望向狄爾。狄爾似乎沒注意到她的異狀，只淡淡地看了她一眼，便轉身離開食堂。

奇怪，她還以為狄爾也會被罵。

她不是真心想看狄爾被罵，只是她不喜歡有人打架，也不想看到誰受傷。大叔本來是這麼寬容的人嗎？

艾薇站在原地想了想，又覺得自己老愛闖禍，好像也沒資格說別人。後來，她經過走廊，見到室外的樹葉已經開始變黃，那浪漫的橘黃色，似乎跟誰的樣子有點像。

啊，是狄爾的頭髮。等秋天來的時候，不知道樹葉會不會變得跟他的眼睛一樣紅？

那幾天，當艾薇回過神時，才發現她小小的腦袋裡竟然裝滿了狄爾的事。她的目光總跟著狄爾跑，除了對他神奇的好人緣感興趣外，她也發現了一些怪事。

上次在食堂和狄爾打架的伯特，還是一樣喜歡趁老師不注意的時候搶其他孩子的東西。和之前不同的是，最近他的身上常常會出現一些小瘀青。

她沒聽說伯特又跟誰打架了，去問狄爾也問不出個所以然。艾薇想了想，碰巧記起院長說過，身上要是出現莫名的瘀青，很有可能是生病了。隔天她把這件事告訴伯特那一班的老師，據說還把那孩子嚇得跑去做了身體檢查。結果，他沒有得病。

「狄爾，你在笑什麼？」

見到伯特慌慌張張的樣子後，艾薇發現狄爾竟然在走廊上摀著嘴巴偷笑。儘管他一臉理直氣壯，她還是越想越怪。

「這妳也要管？」狄爾雖然講話依舊不客氣，但臉上掛著張揚的笑容，看久了也挺好看的。

她當然不管，但有些事，她怎麼想也想不出原因。

可有些奇蹟，似乎是注定了要相遇——

那日，她撞見了狄爾眼裡的奇異色彩。那雙和她一樣，潛伏在「城堡」的奇蹟之眼。

當艾薇對上他的眼睛時，狄爾的深紅色眸子緩緩地被橘黃渲染，彷彿秋色悄聲來臨。她愣了一下，想起那日轉黃的葉子。

她沒等到樹葉變紅，卻先窺見他眼底添了新色。

原來狄爾和她一樣，也活在童話故事裡。

我想把他寫進我的故事，但他住在另一個城堡裡。他不像王子，卻擁有一整個王國。

——艾薇

章一

不討厭的魔法

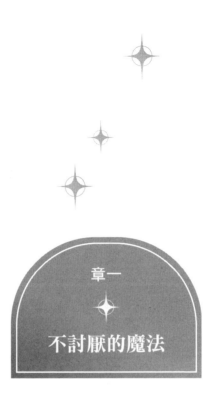

少年悠悠地轉醒，在模糊視線裡隱約眨動的，是濃密的雪色眼睫。他緩慢地翻了個身，同時感受到腳邊的柔軟觸感，意識才逐漸清晰。

其瑟從床上坐起身，一隻長毛的小白貓正安穩地待在他的腳邊，舒服地貪睡著。

因為一個特殊的原因，他並沒有幫牠取名字。

下床前，他伸手摸了摸牠的頭，見牠瞇眼伸了個懶腰，便露出一抹淺笑。十五分鐘後，他將自己簡單打理好，淡淡地看了一眼半身鏡中穿著高中生制服的少年。

冷淡卻深邃的目光從銀白色的瀏海下露出，彷彿月光下的一抹藍。他的雙眸是寧靜的灰藍色，如同他的視線一樣清冷而靜謐。

他的髮色很淺，略長的瀏海為他增添了幾分慵懶；一顆淚滴般的痣落在他左眼附近，雪色睫毛鑲在灰藍的雙目上，像一片迷失在薄霧中的雪花。

幾年過去，他已經長高成一百七十公分以上的優越少年，藏青色的毛衣背心在他身上低調得恰到好處，溫柔地襯托著帶了點藍調的銀白短髮。

他想起送他這面鏡子的聒噪少女，還有那位鄙視他都不好好打扮的張狂少年。說不清的複雜心情湧上心頭，但還好，那並不是嫌棄。

雖然大多數的時候他都無法理解那兩個人，但不論如何，他們從小相伴著彼此，是再真切不過的事實。

其瑟對著鏡中的自己微微嘆了口氣，而後，步伐極輕地離開了空無一人的宿舍。

國中畢業後，和他住在同一間房的室友們紛紛離開了。有的孩子考上外地的高中，也有的孩子被不錯的家庭領養，澈底離開了育幼院。

只剩他聽從爸爸和院長的安排，進入本地普遍給有錢人家小孩就讀的私立貴族高中——是的，他是有爸媽的。只是他被忙碌的父母寄養在育幼院，一待就是好幾年。

這間高中的背後有育幼院創辦者的資助，因此過去也有不少育幼院的孩子是從這裡畢業的。

不管怎樣，關於未來的事情，他一向聽從爸爸的安排。

不過，因為同期的孩子一個接著一個離開的關係，某個煩人的傢伙最終也住進了這房間裡。

「喔，終於起床了？慢得要死。」一道不耐煩的磁性嗓音響起。

當其瑟來到食堂時，那個優越卻討人厭的背影像是能聽見他的腳步聲一樣，在他緩步靠近時忽地回過身。

幾年過去，狄爾還是維持著小學時代的清爽短髮。不同的是，他在上國中的那年撥開瀏海，露出老鷹似的雙眼和飽滿的額頭，桀驁不馴的模樣迷惑了不少同校女孩，直到現在也是如此。

同時，狄爾的身高成長得比他更明顯，才十六歲的年紀，身高已經接近一百八十公分了。

雖然在其瑟的眼裡，他欠罵得一如初見，就算長高也沒用。

怕熱的他和其瑟不同，狄爾單穿一件白色的制服襯衫，搭上那頭耀眼的橘黃色短髮，在其瑟眼裡更刺眼了。不管怎樣，他和他在高一這年，成了相看兩厭的室友。

「……」其瑟沒打算理他的新室友，本來想挑個位子坐下，卻在看見手錶上的時間之後打消了念頭。

他看似不經意地環視四周，誰知這個小動作被他的新室友一眼看穿。

「找她？金毛小鳥在──」

「其瑟！早安！」

不耐的語氣被一聲清脆的叫喊打斷。其瑟往後方看去，面容清麗的金髮少女一如小學時代那樣雀躍地奔跑而來。不得不說，狄爾這暱稱取得非常貼切。

艾薇總是蹦蹦跳跳，身高只有一百五十公分，就像一隻聒噪的金色小鳥。

她的長髮也始終未變，如同金絲帶般垂至小腿，蓬鬆亮麗。不過，上了國中後，她在老師的建議下梳起了左右兩邊的雙丸子頭，並將餘下的長髮縮短至臀部的長度，就這麼維持了三年多。

雖然其瑟無法理解她為什麼不剪頭髮，但至少他再也不用擔心會踩到她了。

十六歲的艾薇一樣活潑靈動，一樣喜歡攪亂他的一池靜水。不同的是，他也學會應付她的聒噪了。

「早。」低沉似雪的嗓音自他的脣邊逸散。其瑟只簡單回了一個字，卻足以讓艾薇不再騷擾他。

不過，狄爾似乎對他的起床時間有所不滿。

「你每天都要賴床嗎？要是校車提前來了，我可不等人。」看樣子，狄爾老早就吃完早餐了。他已拎起書包，似乎再過一秒就會丟下兩人。

不過，其瑟知道狄爾再怎麼樣也不會扔下艾薇。

「你們先去也行，我搭公車。」他冷淡回應。

「啊？你就不能早點起床？」

「搭公車也沒什麼不好，還能少見你幾分鐘。」

「靠，你這——」

「不行！這樣你會遲到！」艾薇主動跳進兩人之間，將迸發的火苗一腳踩熄。她嘴裡咬著剛從廚房阿姨手中拿來的吐司，看起來不像是剛起床，而是吃了好幾片。

仔細一看，她的右手還多拿了一包袋裝的火腿吐司。正當其瑟心裡想著「她還是那麼能吃」時，艾薇把手中的吐司塞給了他。

「走吧、走吧！去門口等車。不要忘記吃早餐，你已經夠瘦了！」艾薇無視兩人的脣槍舌劍，同時推著兩人的背前進。

說也奇怪，只要她出聲，那兩人便懶得再吵下去。說到底，他們也不是真心想吵架。

「喂，妳推太大力了！」狄爾一邊抱怨一邊走，手裡還拎著艾薇忘在位子上的書包。

「……慢點，會跌倒。」其瑟面無表情地抗議。

「我才不會跌——哇啊啊啊啊！」

因為，在「容忍某人」這件事上，他們倆是有志一同。

國中畢業後，不只其瑟，連艾薇和狄爾都聽從院長的安排，一起進入了這所貴族高中就讀。身為孤兒的他們絕不可能稱得上有錢，能進這所高中，全都仰賴育幼院創辦人和學校之間的關係。

雖然艾薇只從照片上看過那位相貌和藹的伯伯，但她打從心底尊敬著他。只可惜，創辦人長年在國外工作，偶爾才會回育幼院看看大家。

住在育幼院的這幾年裡，她正巧錯過了幾次見他的機會。因此，能見那位算得上是救命恩人的伯伯一面，也是艾薇心中少數還沒實現的願望之一。

「大家早！」

艾薇不愧是超級外向人，一進教室就和全班打招呼。他們已經一起度過半個學期的時間，所有同學的名字，艾薇早就牢牢地記在腦海中了。

狄爾也是，就算到了育幼院以外的地方，他也沒忘記要擴張領土、劃定地盤。把好傢伙和壞傢伙的名字都記住，對他來說比較省心。

但其瑟才不管。

他不想記得任何人，只想找個不起眼的座位待著，最好能化作一片透明雪花，誰都看不見。

不過，雖然三人各懷心思，但因他們相貌不凡，還是很快就成為了學生之間的焦點。尤其是艾薇，有她口中的「神奇金色魔法」加持，她簡直是人見人愛，收禮收到手軟。

「咦?這是誰放的?」花了五分鐘和同學打完招呼，艾薇發現自己的桌上有一袋多出來的早餐。不對，抽屜裡也有一袋。

好多啊!先吃哪一個?

「那些沒眼光的男人吧。」狄爾經過她的座位，很順手地揉了一下她的頭。

「你才沒眼光！」雖然艾薇總是樂呵呵的，但也常常和狄爾鬥嘴。她摸了摸被他肆虐的頭頂，確定雙丸子頭沒亂掉，才安然吃起第四頓早餐。

狄爾看了看她嬌小的背影，托著下巴嘀咕：「……有時候我還真覺得自己沒眼光。」尚未明朗的心事無人聽見，但他盯著她背影的樣子，卻被坐在他們斜右後方的其瑟看得一清二楚。其瑟並沒有讓這一幕停在自己的心上太久。

他斂下雪色的眼睫，視線落在抽屜裡的早餐上。他想起艾薇把吐司塞到他手上時的笑容，說不清的心緒又一次浮現在他的腦海。

第一節下課時，艾薇忙著消化桌上的早餐，雖然小口小口地咬，食物卻消耗得特別快。狄爾看見她忙碌的背影，覺得她就像一隻正在低頭吃飼料的小鳥。

他忍不住嘴角上揚，想著自己沒事做，又走了過去。

「妳還真能吃，都不知道是誰送的，還敢吃。」他輕輕拍了一下她的頭。那是他的習慣動作，也不清楚是從哪天開始養成的。

但他們相識了五、六年，習慣養成了就很難改。

「全班都被我施過魔法，沒人會下毒害我，放心吧！」艾薇心情不錯地抬眼看他，還把一包雞塊拿到他眼前晃了晃。「你要吃嗎？」

「妳這大食怪怎麼可能吃不完？而且，那是妳的愛慕者送的，我吃了會吐出來。」他嗤之以鼻。

「幹嘛這樣！這是同學的好意耶，哪裡噁了！」艾薇直接從袋中拿出一個雞塊，塞到狄爾的脣邊，

「快點，吃一口。」

「幹嘛硬要我吃？」狄爾雖然嘴上那麼說，但還是一口咬了下去。雞塊已經涼了，吃起來實在不怎麼樣。

不過，艾薇看著他笑，像在看小動物進食一樣。

狄爾愣了一下，有點不爽，手卻莫名癢癢的，很想捏她的臉。但他的手才剛伸過去，便被另一隻突然冒出來的手拍掉。

「不要毛手毛腳的，小艾薇很困擾。」高亢的聲調響起，凝神一看，是人如其聲的富家少爺巴奈特。

巴奈特留了一頭金色中長髮，雖說穿的也是學生制服，但脖子和手腕上卻配戴了不符合這個年紀的昂貴珠寶，加上高亢的聲線，讓他看起來就像一隻鋪張的孔雀。

狄爾是不喜歡他，但嚴格說起來，是巴奈特先討厭他的。

「笑死人了，你是艾薇嗎？還替她發表意見？」狄爾當然不怕富家少爺，不論是音量還是身高，他都甩了對方幾條街。

狄爾也只有這種時候才會叫她艾薇。她想阻止兩人吵架，卻又忍不住在心裡抱怨。

「你……呵，尊重女生是紳士的基本原則。」巴奈特裝出一副脾氣很好的樣子，卻誰都看得見他額上的青筋。「要是你喜歡小艾薇，就像我一樣有禮貌地追求她。」

發表完那句做作的宣言，巴奈特竟從袖口掏出一枝不知道從哪裡來的玫瑰花。艾薇看傻了眼，狄爾也是，但他更介意巴奈特剛才的暴言。

「我哪時說我喜歡她？還拿什麼玫瑰花，以為自己是電影主角嗎？」他看了艾薇一眼，發現她正在猶豫是否要接下那朵花，更加上火。「喂！比起玫瑰，妳更喜歡五花肉吧？」

聽見狄爾的聲音，艾薇如夢初醒。

那……倒也是，不對，那不是重點啦！

艾薇連忙從位子上起身，試圖分開兩人，「你們別吵啦！狄爾，快上課了，你先回位子好不好？」

狄爾不高興地皺眉，「幹嘛只叫我回去？」

「因為……」你可能會揍出人命啊！

「為什麼不能拿玫瑰花？追女生就是要送花！」沒想到巴奈特也把重點放在奇怪的地方，「我看你沒追過女生吧？怎樣，有女生主動追你，你就得意起來了？呵，要是她們知道你有多窮，絕對不會繼續喜歡你。」

他一直「小艾薇」、「小艾薇」地喊，連本人都聽到有點不舒服。

艾薇不喜歡他說狄爾窮，正準備勸說巴奈特快點離開，誰知道他竟在這一刻伸出手指，挑釁地推了一下狄爾的肩頭。

巴奈特語氣嘲諷，「怎麼不說話啊？沒爸媽的小鬼。」

此話一出，兩人都愣了一下。艾薇也是現在才知道巴奈特說狄爾窮的真正含意。

怪了，他們來自育幼院的事，不應該有外人知道才對……

艾薇下意識拉住狄爾的衣角，擔憂地望向他。雖然他什麼也沒說，但那雙深紅色的眸子卻浸染著不明的情緒，像是隱忍，也像不甘心。

和艾薇不同，狄爾是渴望有一個家的。但他來到育幼院的年紀太大了，也沒聽說有任何家庭看上他。

身為育幼院的孩子，他並不感到羞恥。可被充滿惡意的言語攻擊家世背景，這還是第一次。

「喂，巴奈特，你說得太過分了吧？」艾薇忍不住出聲指責他。

聽見艾薇抗議，巴奈特又換了另一副嘴臉，在臉上堆滿笑意。「小艾薇，妳別誤會，我不是說妳。妳雖然跟他從同一個地方來，但是妳的個性很好。不像他沒爸媽教就長歪，沒錢還不想辦法去打工，只會在孤兒院當寄生蟲！」

巴奈特的聲音很大，教室裡的人都聽見了。但是富家少爺人脈廣又有錢，也沒人敢去招惹他。

說到底，風雲人物疑似被人一腳踩在地上的時候，多數人還是比較喜歡吃瓜看熱鬧。況且，狄爾和艾薇來自育幼院的事，大家也是現在才知道，都還忙著震驚。

班上陷入一片沉默，但艾薇依舊為狄爾說話：「你有問題吧？我也沒去打工……呃，不是，你不能這樣隨便說別人，還用這麼難聽的話罵他，沒水準！」

「妳怎麼這樣說我？我也會難過。」巴奈特還真的對她露出傷心的表情，看起來一點也不假。

艾薇瞬間意識到，她的「鍾情」好用歸好用，卻帶來了糟糕的副作用。她太低估育幼院之外的世界，也低估了血氣方剛的戀愛腦高中生。

似乎沒注意到她的懊惱，一直不講話的狄爾忽然冷冷地丟了一句：「……說完了嗎？」

「啊？你什麼意思？」大概是沒想到平時態度張狂的狄爾居然會這麼冷靜，巴奈特一時不知道該接什麼話。但他很快就重振旗鼓，硬是多酸了狄爾幾句。「說完了！你有什麼能講的？不就是沒爸媽的小孩——」

「說完了就快滾，在我揍爛你的鼻子之前。」狄爾低頭望著自己的左手，冷笑一聲，「還是你想試試？」

事實證明，有錢人非常愛惜生命。巴奈特被那張陰沉的臉嚇得往後退了一步，卻仍虛張聲勢地喊道：「你是流氓嗎？多讀點書吧你！」

烙完狠話，他就一溜煙跑了。

誰知道才不過三秒，巴奈特就在地上摔了個狗吃屎，發出驚天的慘叫。

艾薇驚訝地看過去，其瑟雖然面無表情地坐在自己的位子上，但那條傲人的長腿橫在路中間，看起來連一頭牛都能絆倒。

而那頭笨牛，現在就躺在地上哀號。「幹！痛、痛死了！」

「抱歉，腿長。」其瑟終於開了金口。講完今天在學校的唯一一句話，他才收回那條長腿。

雖然很想大聲笑他，但艾薇還是先回頭關心狄爾。

可狄爾並沒有看她，明明是上課前三分鐘，他卻轉身走出了教室。艾薇愣了一下，連忙「咚咚咚」地追上去。

「狄爾！高、高中不能隨便蹺課，會被當掉！」艾薇在走廊追上他的腳步。

狄爾忽然停下，而她仲出雙手急煞，停在他背後。他轉過身，臉色不是很好看。

不能蹺課？是了，這句話讓他想起和她一起度過的童年。

三、四年前的他們還算無憂無慮，想蹺課就蹺課，頂多被老師罵一頓，再動用超能力解決一切就好。可現在，他們已經十六歲了。外面的高中人多眼雜，有些事沒有那麼方便。

很多事改變得比想像中更快。

從什麼時候開始，她的超能力已經能讓中招的人對她從單純的「欣賞」，轉為狂熱的「愛慕」？

而他竟然，開始對這件事感到莫名煩躁。

「妳要是擔心，就想辦法幫我跟老師撒嬌，讓他不要當掉我。」狄爾望著她，語氣比平時冷淡。

「我當然會幫你，但違反校規的事，我的超能力不管用。」

關於超能力的使用限制，這些年來他們都測試過了。「鍾情」雖然好用，但中招的人在行事上還是會有基本的底線，不可能讓狄爾即使蹺課也能安然畢業。

在這種情況下，狄爾的「遺忘」是最好用的——沒錯，身為和艾薇一樣特別的天選之子，他能讓任何人「遺忘」某段記憶。

可這間高中的監視器實在太多了，他們沒把握能做得天衣無縫。

「喔，我還以為妳很熟練。」他別開臉，語氣不耐，「竟然讓妳的愛慕者失控到這種程度。」

艾薇愣了一下，突然無法爽快地回應。一個不安的念頭浮現，她不禁覺得，狄爾是在怪罪她。

是嗎？會是那樣嗎？

狄爾一向不懂得說好話，但她認為他們還是很好。一想到他有責怪自己的可能，她竟然什麼話都說不出來。

「……」

看她什麼話也不說，狄爾也意識到自己說了什麼。但他的腦子亂成一團，至少現在，他無法梳理這坨雜亂的毛線球。

於是，他伸手拍了拍她的頭。在她抬眼那一刻，狄爾淡淡地說：「不用擔心，我只蹺一堂。」扔下這句話，他便把她留在原地，一個人往另一端走了。

這次艾薇聽話，站著沒跟上。可她安靜望著他瀟脫的背影，覺得自己好像第一次被他丟下了。

當班導問起狄爾的去處時，艾薇藉口說他身體不舒服，才勉強蒙混過關。雖說在同一個班上的巴奈特試圖揭穿他，但看在發言的人是艾薇的份上，他又忍下了這口氣。

絕不是因為坐在他身後的其瑟看起來很可怕的關係。

下午的體育課，艾薇跟幾個女生一起打排球，正打算下場休息，便眼尖捕捉到坐在樹下看書的其瑟。

冰山王子坐在那裡就像一幅畫，什麼都沒做也很帥。何況他還拿了一本書，妥妥的文青冷都男。

艾薇為什麼會有這番體悟？喔，就是從躲在附近偷窺他的少女們眼中看出來的。

「其……」艾薇本來想叫他，但看他讀書讀得很認真，便閉口不言，悄悄地繞到他身後。

她看準時機，打算嚇他一跳，誰知道其瑟忽然仰頭看她，讓她震驚到停格。清冷的容顏近在咫尺，她能感受到他輕柔的鼻息撲在臉上，像一根拂過心臟的羽毛。

被發現了。

還好，他沒發現她有點不自在。

艾薇看了他的藍眸幾秒，才訕訕地繞回前方，往他右邊一坐。

「不打球了？」他問。

她看他眼睛還黏在書上，忍不住反問：「你有看到我在打球？」

「嗯，妳的聲音很大，不看也難。」

艾薇無言，「喔，所以剛才是因為我的腳步聲太大，你才會發現我來了？」

其瑟放下書本，淡淡地望向她，「我聞到妳的味道了。」

「咦？」她意外地睜大眼。

「妳身上有一種味道，不是香水，但香香的。」說到這裡，其瑟忽然頓了一下。幾秒後，他拿書遮住自己的臉，還尷尬地咳了兩聲。「咳……可能是洗髮精的味道吧。」

出現了！其瑟的偶像包袱！

不對，是害羞？

艾薇看不懂，但她沒想看懂。她把視線轉回球場上，左邊是她剛才待過的排球場，右邊是籃球場。籃球場上，熟悉的身影在幾個人之間馳騁、跳躍，由於優越的身高，那個人灌籃總是能輕鬆得分。她看了一陣子，發現其瑟在看她。

「狄爾真的很會打籃球耶。」她笑了笑，有感而發。

其瑟對籃球沒興趣，對那傢伙也沒興趣。不過，他同意這一點。「嗯，勉強算他的優點。」

艾薇又笑了，「你們真愛鬥嘴。」

哪算鬥嘴？他本人又不在場。

「妳和他才叫鬥嘴，我們那是吵架。」他望向球場，冷淡地反駁。見艾薇沒反應，他轉頭看她，發現她抱起雙腿，把下巴放在膝上，安靜地望著籃球場。

其瑟不是愛說話的性子，不打算硬找話題。但他把書放在椅子上，專心地陪她看著。

她在想什麼，他從來都不知道。

「感覺我們好像也吵架了。」但幸好，艾薇分享了她的心事。

其瑟咀嚼她所說的「我們」，有點不喜歡那種說法。他知道艾薇沒有多餘的意思，可那種說法聽起來就像他們之間有什麼特別的關係。

不過，還有人能比他們更特別嗎？在艾薇遇見自己之前，狄爾是她的第一個「超能力盟友」。說不定在她心裡，狄爾真的比較特別。

其瑟的腦中閃過無數繁雜思緒，但他沒讓艾薇等太久，謹慎地回應了她。「……是早上的事？」

「你怎麼知道？你果然心思很細膩呢。」艾薇轉頭看他，把側臉枕在膝上。那張臉，算是還帶著笑容。

心思細膩？

其瑟不那麼覺得。在這世界上，最不細膩的人或許就是他。從小透過「讀心」超能力，就能輕鬆知道別人想法的他。

「中午吃飯的時候，你們的表情都太僵了。」他嘆口氣，「不過，看起來也不像吵架。」

「不算嗎？」

「所以，發生什麼事？」他覺得還是問清楚比較好。

「唔，就是……」

艾薇剛開始思考要怎麼和他解釋，籃球場上便忽然傳來一聲咆哮。兩人看過去，正好看見巴奈特拿著籃球，往狄爾的腿上砸。

狄爾的腳邊還有一顆球，顯然攻擊他的不只那一顆。

艾薇下意識起身，匆忙跑向籃球場。其瑟也跟在她後面，安靜地來到球場邊。

「我只是不小心砸到你，有必要瞪我嗎？」巴奈特趾高氣昂，旁邊還跟著幾個別班的小弟。

小弟一邊叫囂一邊對狄爾比了倒讚，怪不得剛才那麼吵。

「對著我的腳直接砸，也叫不小心？你的手是多油？連球都拿不好。」狄爾被球砸了兩次，已經很不爽了。要是再年輕一點，他恐怕會直接打爆巴奈特。

不對，難道他現在就不能打嗎？

狄爾抽動嘴角，緊握的拳頭蠢蠢欲動。

「好凶喔，野孩子都這樣嗎？你真該回去孤兒院讓老師好好教你，畢竟你沒爸媽可以教。」今天的巴奈特大概吃過酸菜魚才出門，嘴裡噴出的垃圾話簡直是硫酸等級。

一旁的小弟更是捧場，聽見此話便哄堂大笑。

狄爾的額上爆出青筋，唇邊掛起一抹和他的心情完全相反的冷冽笑意。他用單手抓起地上的籃球，挑眉望著巴奈特那張欠揍的臉。

他一句話也沒說，但艾薇懷疑他會出手。

「完蛋了，狄爾會不會打死人？」艾薇驚恐地摀住嘴。

「不至於吧……喂。」

其瑟來不及攔住焦慮的少女，只能眼睜睜看她闖進修羅場。

「喔！小艾薇？」巴奈特見到她，有點驚喜。

狄爾瞥了她一眼，都還沒出聲，手裡的籃球已經被艾薇撈走，牢牢地抱在她懷裡。她訕訕地笑，小聲說：「我怕你捏爆籃球。」

她一向不支持狄爾打人，尤其是現在。要是狄爾被退學，她和其瑟可能就要跟狄爾分開了。而且，她不想因為自己的關係，毀了狄爾的人生。

「妳是怕我打爆他吧？」狄爾冷笑一聲，戳破她的心思。

狄爾知道艾薇阻止他的用意，但巴奈特並不知道。

暈船仔還以為艾薇在保護他，因而更加猖狂：「妳別擔心！他如果敢對我怎樣，我絕對叫我爸告死他。」

「哼，有爸媽的小孩也不怎麼樣嘛，當爸寶還沾沾自喜，有夠丟臉。」狄爾暫時放下揍人的念頭，彎腰拿起放在籃框下的礦泉水，似乎打算先離開球場。

「誰、誰是爸寶？喂！你站住！」

狄爾走了幾步，才看見其瑟也站在場邊。那傢伙來幹嘛？看他熱鬧？

他不耐煩地嘆了口氣，頭也沒回地說：「有屁快放。」

巴奈特逮到罵人的機會，連忙對他的背影叫囂：「你這種傢伙才配不上艾薇！青梅竹馬又怎樣？她永遠都不會喜歡你這種窮酸孤兒！」

「靠，到底在自說自話說什麼啊？我什麼時候說過我喜——」狄爾面色不耐地轉身，卻見到巴奈特正好對艾薇伸出手，似乎想搭她的肩膀。

他目光一暗，一個箭步向前，拉住了艾薇的手臂。而後，狄爾在眾目睽睽下，拉著艾薇離開了球場。

巴奈特本來還不服輸地想跟上，但其瑟默默地擋住了他的去路。

「你手機密碼多少？」他忽然問。

巴奈特愣了一下，滿臉問號，「啥？問這個幹嘛？」

其瑟安靜地望著他，沒多久，似乎得到了答案。

「……沒事，以備不時之需。」

狄爾在飲水機前裝滿寶特瓶的水，咕嚕嚕地喝了好幾口，才望向坐在階梯上的艾薇。曾經無憂無慮的聒噪小鳥整張臉都皺在一起，他看了有點想笑。

「金毛小鳥，妳可以不要一直臭臉嗎？又沒多好看。」

「……我不喜歡巴奈特，我好討厭他。」她的臉還是皺在一起。

聽她說了兩次討厭，狄爾啼笑皆非。他默默地看了看她，拿著寶特瓶，一屁股坐在她身邊。

「既然討厭，那幹嘛讓他喜歡妳？」狄爾隨口問。

其實他沒有怪罪她的意思，但他的無心之語讓艾薇愣了一下。

想了半天，她才小聲地說：「我不知道他會那樣……」

「喔。」看到她的微妙表情，他也不知道要說什麼。

那是她的超能力，他理智上明白應該要尊重她。但自從三人進入青春期，「鍾情」的確為他們帶來了不少麻煩。

說到底，他不喜歡有那麼多人愛慕她。

但他就是個嘴硬直男，就連現在，也不知道該說什麼話來緩和氣氛。於是他別開視線，隨便說了一句：「要是能直接揍他一頓就好了，省得麻煩。」

「到處都是監視器，你想被退學嗎？」冷硬的嗓音忽然介入。

兩人抬眼，現在才跟上的其瑟緩緩地走了過來。

「不然要怎樣？難道我要被那白痴諷刺三年？金毛小鳥又沒辦法收回超能力。」狄爾想起巴奈特剛才還伸手想碰艾薇，一把莫名的火又燒起來。他嘖了一聲，不耐煩地說：「還是我暫時離妳遠一點好了，不然老是被他誤會——」

他本來想說「被他誤會想追妳」，但被腦中的聲音制止了。其實，這些都不是他的真心話。

可狂亂的煩躁心情無處宣洩，他不清楚要怎麼處理這份複雜的情感。

狄爾無奈扶額，抬眼卻見到艾薇直勾勾地望著自己。他愣了愣，捕捉到她眼底一閃而逝的不安和傷痕。

「我不是故意的。對不起，害你被別人討厭。」艾薇的聲音一向清脆有活力，現在卻像隻洩了氣的乾癟小鳥。

她很少這麼認真地道歉。如此想來，她也算成長不少。

但狄爾看不慣這樣的她，揮了揮手，「幹嘛道歉啊？我又不在意被他討厭。妳……唉，算了。」

千頭萬緒，他無從表達。

此時，下課鐘聲正好響了。狄爾急著想脫離僵凝的氣氛，便匆忙起身。「本大爺想回去換衣服了，快熱死。你們不走嗎？」

現在明明是微冷的十月天。其瑟看了他一眼，淡淡回道：「嗯，走吧。」

聽見其瑟出聲，狄爾難得高興。他匆匆注視跟著起身的艾薇，確定她也想回去，便轉身走了。

艾薇走在狄爾的身後，那灰頭土臉的模樣全被身旁的其瑟看進眼底。其瑟忍不住多看了她的臉一眼，竟發現她眼眶溼潤、泫然欲泣。

啊？她是那麼愛哭的人嗎？

「……艾薇。」他輕聲叫喚她。

艾薇驚慌地停下步伐，轉頭看其瑟。前方的狄爾不知道他們脫隊了，還心不在焉地繼續往前走。

「嗯？」她勾起嘴角，擠出一抹空洞的笑意。

原來她也是會假笑的。

「妳也知道吧，那傢伙是真的不在意。」說完這句話，其瑟有點無奈，覺得自己竟然還得幫忙調解這兩人的心結。但他實在不想看艾薇沮喪，只能想辦法做點什麼。「他只是覺得很麻煩。」

「我知道，但狄爾原本不是那樣的人。」

「……嗯？」換他困惑。

「狄爾以前直來直往的，有什麼問題都會直接解決。但他現在綁手綁腳的，沒辦法揍人，也沒辦法隨心所欲地罵回去，一點也不像他。」她似乎想起了以前的狄爾，雖然脾氣更暴躁，但日子過得輕輕鬆鬆，不像現在這麼委屈。

「妳怎麼好像很希望他打人？」其瑟一臉狐疑。

艾薇連忙揮了揮手，「不是啦！我只是覺得因為我的關係，狄爾變得很不像他，好像有苦說不出，一點也不開心……」

狄爾生性張揚，我行我素的他才是最耀眼的。她不希望害他變了樣，讓他不能好好做自己。

「妳想太多了。」其瑟明白了她的意思，「他會那麼小心，只是因為這裡到處都是監視器。以前他也遇過一堆鳥事，那時候他揍同學一頓就解決了，現在可不行。咳，先說……我也反對打人。」

聽其瑟這麼說，艾薇也想起了小學時代的事。二班的麗莎喜歡狄爾，害狄爾被喜歡麗莎的男生絆倒。這件事，還讓身為風紀的其瑟和狄爾起了爭執。

過往的事，好像還歷歷在目。

見艾薇終於有了一點笑容，其瑟微微勾起嘴角。「反正，這跟妳一點關係都沒有，想辦法幫忙就好了。」

「哇，你竟然想幫狄爾！」她恢復了一些調皮，還張嘴故作驚訝。

「我是說妳。」其瑟馬上冷臉，「妳幫他就好，我不想。」

「你跟狄爾一樣，也是很不坦率的人嘛。」

「我不是。」

「你們其實感情還不錯吧？」

「……別說那麼噁心的話。」

兩人難得鬥嘴，窸窸窣窣的聲音傳到了狄爾的耳裡。他默默地回身，發現那兩人早已落後一大段路，自顧自地笑鬧著。

剛才還很失落的金毛小鳥，現在笑得那麼開心。狄爾看得很清楚，卻不想再多看一眼。

他可能有點小氣。

他喜歡看她笑，卻討厭她因別人而笑。

貓比人類更敏感，他早該知道這件事的。

狄爾躺在床上，無奈地摸了摸鑽進自己臂彎的小白貓。這小東西明明是其瑟養的，卻更喜歡黏著他。

院長也是因為這樣，才把他安排跟其瑟住一起，真不知道算不算是孽緣。

狄爾很輕地嘆了口氣。平常還算好睡的他，今晚竟然失眠了。剛才小白貓似乎發現他還沒睡，便從其瑟的床上跳過來找他。

現在，連其瑟都知道他還沒睡著了。

「哈啾！」因為，他其實對貓毛有點過敏。

沒過多久，他起身去書桌拿鼻炎藥。正想躺回去時，撞見一雙在黑暗中泛著藍光的眼睛。

靠，外星人。

「……要我把牠抓回來？」外星人先開口了。

「反正牠還會再過來，沒差。」狄爾比較喜歡狗，但也習慣小白貓的存在了。他敷衍地摸摸牠的毛，又躺了回去。

「你睡不著？」沒想到其瑟又出了聲。

「你哪時這麼關心我？」狄爾皺著眉問。

「……不要說那麼噁心的話。」其瑟翻了個身，面對著狄爾的床。

雖然看不清楚，但狄爾似乎能想像到他的表情有多嫌棄。

狄爾不甘示弱地說：「我才覺得噁心。」

「……」

見其瑟沒回話，狄爾的思緒又飄遠了。過了幾分鐘，他也不管其瑟有沒有睡著，忽然開口問：「金毛小鳥後來怎樣了？」

那天一回到育幼院，狄爾就跑去找其他玩伴聊天，沒跟他們一起吃晚餐。他不知道艾薇的心情有沒有變好，但看她和其瑟相處的狀況，大概是有。

只是，他沒能親口確認。

「在意的話就去問，我又不是傳話筒。」他果然還沒睡著。

狄爾不爽地說：「問一下會死嗎？」

「我看你才憋到快死了。」

「喂！想吵架嗎！」狄爾立刻從床上坐起，嚇得小白貓炸毛。

其瑟也坐了起來，動作卻更優雅，「不想，只是看你不爽。」

還不是一樣？狄爾也炸毛了，正想丟枕頭過去，小白貓卻在此時爬上他的大腿，不明所以地喵喵叫。

「啊？你不講人話，我哪知道你想幹嘛？」狄爾實在搞不懂貓咪。

沒想到，其瑟噗哧一聲，聽起來有點嘲諷。狄爾聽見他冷笑，卻提不起勁罵人，「怎樣？笑什麼？」

「那句話，你應該對自己講。」其瑟怕他聽不懂，又補充：「艾薇不笨，但你不跟她說，她不會知道你在想什麼。」

其瑟又覺得自己在幫兩人調解了，心情不是很好。

「你又知道我在想什麼？」狄爾也不高興，他不喜歡其瑟總是一副什麼都知道的樣子。

雖然其瑟的超能力是「讀心」，但他的天賦對艾薇和狄爾皆起不了任何作用。應該說，他們三人互相免疫。

因此，狄爾根本不覺得其瑟有那麼了解自己。

其瑟輕輕笑了一聲，不冷不熱。他壓制著喉間的乾澀，刻意讓自己的嗓音聽起來不帶感情。

只有那樣，他才能忽略藏在內心深處的荊棘。

「就算我不能讀你的心，也知道你其實很在意她。」

對狄爾而言，她肯定很特別。對艾薇來說，狄爾或許也是。

「……」狄爾一時沒回話，漆黑的房間陷入靜默。

其瑟再度躺下，安靜注視著天花板。不清楚過了多久，隔壁床才幽幽地傳來一聲嘆息。

「半斤八兩。」狄爾沒說得很清楚，但其瑟似乎聽懂了。

從十一歲成長到十六歲，相識的這幾年，三人都長大了一些。他們不再那麼幼稚，卻多了一點青澀；說的話也不再那麼純粹，還多了一些迂迴。

不變的是，有些情感不能明說。

可是，一輩子都不能說嗎？

他們好像還沒有力氣想那麼多。

狄爾也躺回了床上，任由小白貓鑽進自己的被窩裡。幾分鐘後，他又開口了。「所以，金毛小鳥還好嗎？」

「就說你自己去——」

「我會去找她。」狄爾不耐煩地打斷他。但沒多久，語調又緩和了下來。「……只是，有點等不及明天了。」

其瑟翻身背對他，把臉埋在枕頭裡。或許，這樣那煩人的傢伙就不會聽出自己的沉悶。

「不太好。不過，明天會好的。」

對巴奈特來說，今天是他這輩子最水逆的一天。

一大早，剛創了半年的班級群組就出現一張笑破所有人肚皮的照片。巴奈特仔細一看，照片裡的身影還真有點眼熟。

「靠！那傢伙幹嘛傳自己的裸照到群組？髒死了。」下課無聊看一下手機的狄爾忍不住大叫。好在他螢幕關得快，不然就要瞎了。

「什、什麼裸照！那是睡衣！」照片裡的主角巴奈特也忍不住叫回去。「不……不對，誰偷用我的手機亂發照片！」

睡衣？他分明只穿了一件睡褲，花色還是粉紅草莓。巴奈特不知道對自己哪來的自信，在家中的全身鏡前自拍了一張裸上身的「炫腹照」。只可惜，看起來是隻白斬雞。

不少同學隱忍笑聲，直到巴奈特紅著臉收回照片。

狄爾像看到髒東西一樣把手機扔在桌上。忽然，他靈光一閃，望向坐在右前方的艾薇。是她幹的？不對，「鍾情」應該沒辦法讓巴奈特心甘情願地發出自己的裸照。

靠，難道是……

狄爾帶點鄙視地望向坐在斜右後方的其瑟。其瑟似乎發現有人在看他，面無表情地抬頭。撞上狄爾的視線時，其瑟眉也不皺地移開目光，如此自然，彷彿天下所有的壞事都不關他的事。

一定是其瑟搞的鬼！

狄爾重新拿起手機，漆黑的螢幕映出了一抹嗤笑。當然，嘲笑的對象是巴奈特。

忽然，他的手機亮起白光，另一個群組的訊息躍入眼底。他愣了一下，抿著唇點開訊息——

金毛小鳥：狄爾！放學的時候來後門一下，我有好東西要給你看。

怎麼很像詐騙集團？

狄爾的嘴角微微上揚，但又忽然有些忐忑。雖然他和她認識很久了，但他們最近才剛鬧矛盾，他實在不知道艾薇想找他幹嘛。

畢竟，兩人也沒真的吵架，頂多有點尷尬。不好說亮話才最棘手，他怎麼可能告訴她，他其實很不喜歡她用「鍾情」到處招蜂引蝶？

不過，他同意其瑟昨晚說的話。要是不跟她說，她是不會知道的。

狄爾下定決心，簡單回覆了幾個字。而後他抬眼，正巧碰見艾薇回頭看他。

小鳥的笑容依舊，乘著翅膀飛抵他心間。

狄爾：喔，我看妳還有什麼把戲。

金毛小鳥：當然很厲害了！好好期待吧。

冰塊宅男：艾薇，老師在看妳。

煞風景的訊息一出，狄爾就看到前方的艾薇火速將手機塞入抽屜。嘖，私約還不傳私訊，她的神經真粗。

不過，艾薇就是如此。正因為她始終沒有認真看待若有似無的隱患，他才能裝作什麼事都沒發生。

狄爾瞄了右後方一眼，那塊冰果然也在看她。

「……」狄爾收回視線，默數著放學時間的來臨。

要是他也能遲鈍一點，那就好了。

放學後十分鐘，艾薇獨自站在後門附近的一處小空地，左顧右盼的樣子像在等一個人。沒多久，校內走出一個猶疑的身影，在看見金髮少女的瞬間，那人展開了寬慰的笑容。

「小艾薇！真的是妳！」巴奈特狂奔靠近，只差沒撲上去。

「當然是我啊，我不是有傳訊息約你嗎？」艾薇一臉疑惑。

她不著痕跡地往後退一小步，不讓巴奈特碰到她的肩膀。

「畢竟今天出了很多意外，我擔心妳的帳號也被盜……咳，妳知道，我是不會傳那種私密的照片給大家看的。」巴奈特的臉有一點紅，看起來很羞恥，但又急著澄清自己沒有奇怪的暴露癖，搖頭晃腦地解釋：「那種照片，只有女朋……」

她不知道喔。

艾薇忽然想起犯人其瑟的臉，忍不住想笑，但她還有正事要辦。

為避免聽到更多細節，艾薇笑咪咪地打斷巴奈特：「我沒有被盜，真的是我約你！」

巴奈特似乎有點不敢置信，露出了欣喜若狂的笑容。他雖然喜歡艾薇，也表白過很多次，但她的態度總是親切而疏離，害他只能想辦法驅逐她身邊的所有男性生物，避免她被別人追走。

可現在，她居然主動約他出來！難道她終於被自己的一片赤誠感動了嗎？還是，她其實滿喜歡他的身材……

巴奈特的表情不斷變化，艾薇刻意忽略他那連小孩名字都快想好的猥瑣樣子，佯裝羞澀地說：「其實，我最近有仔細考慮過你的告白，也覺得你是個還不錯的男生。不過，我有一件事有點介意……」

「什、什麼事？妳儘管說，我幫妳解決！」見艾薇鬆口，巴奈特緊張地追問。

她要什麼？錢、衣服、化妝品，他都可以跟他爸要！

「就是……狄爾從小跟我一起長大，真的是我非常要好的朋友。如果你一直對他那麼凶，我會很傷心。」

沒料到會從她口中聽見討人厭的名字，巴奈特嫌惡地皺眉。但看在她很難過的份上，他忍耐著不悅的心情，委婉地說：「小艾薇，我知道妳只當他是朋友，但他才不是！我看得出來他喜歡妳！那種人配不上妳，我只是在幫妳。」

她微不可察地顫了下睫毛，刻意忽略上湧的情緒，取而代之的是動人的神情。

「可是他就像我的家人一樣，我們一直都互相照顧，一起在育幼院長大。巴奈特，我希望你不要討厭他。狄爾是我的家人，不是你的情敵。」

「可、可是……」他似乎很糾結，高傲的自尊心不允許他放下恩怨。

「巴奈特，只要你主動向狄爾道歉，我就跟你交往。」

「可是他……嗯？咦咦咦？交往？」巴奈特本來還在跳針，聽見此話，立刻震驚地睜大雙眼。

「艾薇！妳在說什麼鬼話！」

更猛烈的咆哮聲響徹雲霄。

狄爾氣急敗壞地從校門內衝過來，看他的樣子，不知道站在那裡聽了多久。他一邊跑一邊喊，終於來到她身邊，「跟那傢伙交往？妳腦子壞了是不是！」

啊，來了。

艾薇輕輕一笑，把手指橫在嘴脣中間。狄爾本來還想敲她的頭，見狀，一連串的髒話瞬間卡在喉嚨。好東西？這就是她要給他看的好東西？

怎麼他只看到髒東西？

「咳！小聲一點，就算小艾薇說你是她的家人，你也不能那麼沒禮貌。」巴奈特擺出高高在上的姿態。不管怎樣，這一局是他贏了。

只要能跟艾薇交往，狄爾再怎麼討人厭都無所謂，稍微……無視他就好！

「……哼。」狄爾原本真的想揍飛巴奈特，但艾薇頻頻向他眨眼睛，他只好暫時相信她。

「巴奈特，你能答應我嗎？」艾薇靠近他一步，滿臉期盼。

「但、但是……」巴奈特痛苦地皺眉。

她望著巴奈特，乘勝追擊：「我最喜歡有風度的男生了，願意道歉的男生也很帥！」

艾薇的請求對他而言實在太誠心誠意，巴奈特只好眼睛一閉，小小聲地說：「抱……歉……」

「說給蚊子聽啊？」狄爾不爽地抱胸。

巴奈特睜眼瞪人，但又對上艾薇的星星眼，只好豁出去大喊：「不、不好意思啦！我不該笑你是孤兒，而且，你在孤兒院應該也有幫忙照顧艾薇……哼，我這男友代替她謝謝你嘍。以後我跟小艾薇在一起，你就放一百個心，不要來妨礙！當然，如果你不追她，我可以勉強罩你一下。」

誰要他罩啊？一直「小艾薇」地喊，還妄想跟她交往，真讓人火大。

而且，他這是道歉的態度嗎？

狄爾不悅地握緊拳頭，但艾薇悄悄抓了一下他的衣角，他才不甘願地鬆開手。

「罩我就不用了，我也沒多在意你說的垃圾話。」狄爾哼了一下，別開目光。

「那，巴奈特，你應該不會再找狄爾麻煩了吧？」艾薇問。

「我哪有找他麻煩？我只是……唉，算了，小艾薇妳開心就好。」巴奈特也別開臉，悶悶地說：「不要忘了妳從現在開始是我的女朋友就好。」

「那當然……」艾薇笑咪咪地轉身拍狄爾的手臂，讓一百八十公分的他彎下腰來，「不要。」

「嗯？」巴奈特似乎沒聽清楚，又轉回身來。

狄爾一臉狐疑地望著艾薇，「妳想幹嘛？」

「我不喜歡他，你幫我一下，讓巴奈特忘記他喜歡我。」艾薇踮起腳尖，湊近他的耳邊說。

狄爾愣了一下，鼻尖竄過她身上的淡淡香氣。她的嗓音清脆，但刻意壓在耳邊，竟是甜膩綿長。

「……笨蛋，這破學校到處都是監視器。」

要是記憶有明顯斷層，巴奈特的家人或許會去查監視器。

「這裡的監視器壞掉了，其瑟早上問過警衛。」當然是用讀心術問到的。說完，艾薇閉上一隻眼，一臉「勉強放行」的樣子，「要是你真的氣不過，可以用書包丟他一下，記得輕一點喔。」

啊？這裡的監視器不管用？

狄爾連想打掉他牙齒的心都有了。

「喂！你們說什麼悄悄話啊？小艾薇，妳不要靠他那麼近！」巴奈特氣急敗壞地走過來。

狄爾冷冷地笑了一下，越過艾薇，朝他這陣子最討厭的傢伙走去——

「喂！喂！你幹嘛！」

「……你說呢？」

「哇啊啊啊啊！」

五分鐘後，巴奈特一臉問號地坐在地上，身上無傷，但頭髮和褲子有點溼。

一旁的花圃後面，一對男女安靜地站在那裡等。狄爾晃了晃手中的空寶特瓶，心情不錯地彎起了嘴角。

「我很厲害吧？其瑟也幫了很多忙，你要謝謝他喔。」前往公車站牌的路上，艾薇恢復了元氣，語氣俏皮地向狄爾邀功。

「哼，還不是妳搞出來的麻煩。」狄爾的心情很好，卻又不經意地說出不動聽的話。幸好，他這次立刻意識到不妥。「……開玩笑的，不要當真。」

「嗯，我知道喔。」艾薇的心情開闊了很多，或許是因為問題已經解決了。「你本來就刀子嘴豆腐心嘛。」

「我哪有？」狄爾還嘴硬。他看了艾薇一眼，又說：「下次先告訴我妳的計畫，不然我還以為妳真的想跟那白痴在一起。」

「那你也太不了解我了！」艾薇笑嘻嘻地說：「但也不會怎樣吧，只是演戲而已。」

狄爾愣了愣，語帶怨懟，「……不，我會氣死。」

「也對，你那麼討厭巴奈特。」

大概不是那原因。

狄爾沒把話說白，抬眼望著和她一起走過的夕色。她的金髮在夕陽下，比任何時候都耀眼。比起第一次見面，比起之後那四年……

可惜她什麼都不知道，也慶幸她什麼都不知道。

「艾薇。」狄爾忽然停下腳步。

「嗯？」

艾薇意外他沒叫自己金毛小鳥。回頭看見他難以為情的臉色時，她整個人呆了一下。

或許，「艾薇」對他而言是有意義的。

瞧他說起那兩字時，暈染耳際的色彩有多明顯。

「抱歉，我其實沒怪妳對巴奈特用超能力。」狄爾抓了抓臉頰，嗓音很低，「……我只是不太會說話。」

洶湧的心意無處可去，溫柔的言語來不及傾訴。即使如此……

艾薇的心口湧現一股熱流。那是被理解，是心靈相通的寬慰。

沒關係，她已經收到了。

於是，她笑得比任何時候都耀眼，「哇，認真道歉的男生好像真的很帥。」

——我最喜歡有風度的男生了，願意道歉的男生也很帥！

誰的無心之語散在風裡，輕輕掠過他的耳際。狄爾不自覺地摸了下耳垂，感受到不屬於晚秋的躁熱。

他伸手碰了他一直凝望的少女，把掌心安放在她頭頂，使勁地揉了幾下。

「……哼，我一直都很帥。」

「哇！狄爾，你幹嘛一直揉我頭髮！」

「不知道。」狄爾聳了聳肩，淡淡地問：「妳討厭嗎？」

他第一次這麼問她，她想了兩秒，有點難為情地說：「……是不討厭。」

得到令人滿意的答案，狄爾輕輕一笑，轉身往公車站牌的方向走。不遠處，其瑟靠在站牌旁邊等著，雖然目光朝向兩人，但這個距離，還保有一點隱私。

「我也不討厭。」他低聲說。

「嗯？」艾薇跟上他的速度。

「妳。」

簡單一字，是屬於狄爾的答案。

艾薇一言不發地眨眨眼，再後來，迎向了三角形中的另一個角。

不討厭她？那是理所當然。

但所謂不討厭……

會是另一種別出心裁的鍾情魔法嗎？

本來就不指望牠懂，金毛小鳥只需要好好地吃飼料、睡覺、打哈哈就行了。

——妳雨

章二

獅子與貓

艾薇不只一次想過，異於常人的他們或許注定要相遇。

但，說起發現那兩人超能力的始末，艾薇直到現在還是覺得很神奇——

「伯特最近好像都不搶東西了，是不是被老師打了？」

十一歲那年，艾薇的好朋友芬恩和她一起在食堂吃午餐，雖然嘴裡塞滿了食物，但也沒忘記八卦一下「強盜慣犯」伯特的事。

艾薇看了看一個人吃飯的伯特，發現他手臂上的瘀青還沒消。喔，對了，自從和狄爾打架後，他的身上一直出現不明瘀青，但她還沒找出原因。

「可是，院長說過大人不可以打小孩，這樣會被趕出去。」艾薇搖搖頭，「雖然不知道他為什麼受傷，但應該不是老師打的。」

「對耶，老師人都很好，我想不到哪個老師會打人……」芬恩困惑地蹙眉，但不一會兒又鬆開，甚至還有點高興。「說不定是他阿姨打的！我聽說伯特有個阿姨，沒什麼錢能養他，才把他暫時放在這裡。反正，他不搶東西就好！」

芬恩只是個孩子，還是個身材瘦弱又容易被別人欺負的女孩。雖然她覺得伯特受傷很可憐，但她更慶幸對方不再搶東西。她想，這大概就是大人說過的「報應」吧？

但艾薇不相信報應，她覺得狄爾嘲笑伯特的樣子太奇怪了，一定跟他有關。

吃完飯後，艾薇眼尖地看見伯特一個人離開，便悄悄地跟了上去。距離午休還有半小時，她的時間很夠。她一路尾隨，發現伯特走進存放零食的茶水間，偷偷摸摸地找東西吃。這裡是孩子們的零食天堂，但一個星期只開放一天，他當然是偷跑進去的。

他到底多能吃呀？不搶別人的食物，卻跑到這裡當小偷……

艾薇皺了皺眉，又觀察了一下情況，這才發現裡面好像還有另外一個人。

「你怎麼在這裡？」

茶水間傳來伯特驚訝的聲音。

「你才為什麼在這裡？」狄爾雙手抱胸，斜靠在飲水機旁邊。站得那麼隱密，難怪剛才她沒有第一時間發現他。

不過，狄爾也來茶水間偷吃東西嗎？艾薇覺得他應該不是那種人。

伯特的語氣倒是理直氣壯，「我想喝水啊。」

「不是在偷吃餅乾？要喝水，教室就有了。」狄爾把他的行為看得仔仔細細，一臉毫不意外的樣子。

「關、關你什麼事？」伯特不開心地直起身子，豎著眼睛瞪人，「你要去告訴老師嗎？好啊，反正我被罵一罵就沒事了，誰怕啊。」

原來伯特是這麼想的，難怪他冥頑不靈，搶了再搶、偷了又偷。

「對啊，但你會有報應吧？」狄爾把臉抬高了一點，像天之驕子，卻不會惹人厭，「壞事做太多的話，住在這裡的幽靈會偷偷捏你，讓你全身都是瘀青。」

此話一出，伯特像被閃電打了一下，驚恐地摸了摸自己的手臂：「怎麼可能！你從哪裡聽來的？」

「你身上不是就有很多瘀青？」

「這是我不小心撞到的！」他雖然還在嘴硬，但臉色慢慢變白。

「隨便，反正偷吃東西也很壞。」說完，狄爾壞心地勾了一下嘴角。

「你這傢伙……」

伯特好像還有什麼話想說，但狄爾已經轉身往門口走了。艾薇嚇了一跳，連忙躲在柱子後面，等了半天卻不見狄爾出來。

於是她又偷看一眼，竟然看見伯特伸手抓住狄爾的衣角，一臉驚惶。

「你、你說那什麼幽靈的，要怎麼辦？」

「什麼怎麼辦？」狄爾似乎明知故問。

「靠！要怎麼解決啦？我才不想一直被捏……」伯特看起來怕極了，小小的五官在他微胖的臉上擠成一團。

「當然是不要做壞事啊，什麼廢話。」狄爾再度轉身，還仔細盯著他的臉瞧，「你是有多怕？嚇成這樣。」

「誰不怕鬼！」伯特很激動地回答。

「噗……哈哈哈哈！」沒想到，狄爾竟然在下一秒笑了出來。

他的笑聲很豪邁，濃密的眉眼舒展開來，減弱了幾分銳利，大氣又明朗。

「你、你笑什麼！狄爾！」伯特脾氣不好，又想出手打人。

狄爾果然很會打架，隨便一抓就逮住了他胡亂揮舞的手，還在他手臂上狠捏了一把。伯特痛得大叫，躲回房間角落，不爽地瞪著狄爾。

艾薇看得很緊張，正在想是不是該喊人來幫忙，便聽見狄爾冷淡地說：「不用怕，沒有鬼會捏你。」

「但你不是說……」

「那是我弄的。你每偷一次東西我就捏一次，只是你不記得。」說完，狄爾冷冷地笑了一下，「你這種傢伙就是欠教訓。」

「啊？你在說什麼？」

不只伯特聽不懂，連艾薇也是一臉問號。但狄爾不在乎伯特懂不懂，他走近腦子一團亂的男孩，目不轉睛地看著他。

「可惜，你又要忘了。」

沒人明白他是什麼意思，但似乎有事發生了。伯特露出像在食堂打架那天一樣的茫然神情，沒多久便回過神來。他看了狄爾一眼，鐘聲正好響起。

「你還在這裡幹嘛？午休了。」狄爾出聲提醒他。

「關你什麼事。」伯特又恢復了臭脾氣，狠狠瞪他一眼，便飛快地跑出茶水間。

幸好艾薇已經躲起來了，她身子矮小，躲在柱子旁邊根本不……

忽然，她纖細的手臂被人拉住，連眼睛還來不及看，就被扯進了房間裡。沉重的聲音在腦後響起，是門被關上了。

咦？咦咦？

「哼，果然是妳在偷聽。」狄爾抓著她的手，本來還很遙遠的臉龐已近在眼前，她沒想過自己會離他那麼近。

他臉色不悅，看得艾薇尷尬地抓了抓金髮：「哈哈，是我啦。」

「妳很誠實嘛，明明那麼多壞點子。」

狄爾這話不知道是不是在稱讚她，但又有種被罵了的感覺。艾薇不喜歡這樣，抬起臉來反駁：「我不會隨便騙人！」

也是，她光明正大地搞怪，也不會有人怪她。

見狄爾正在思考，艾薇晃了晃自己的手，「你幹嘛一直抓我？」

狄爾愣了一下，連忙鬆手。「誰、誰抓妳……」

「你一直抓著我的手啊。」

艾薇說話一向很直白，即使那時的狄爾才十一歲，不懂男女之間那些複雜的事，也不禁為她的話紅了耳朵。

喔，這好像是她第一次見到狄爾不自在。

艾薇感到很新奇，但她更好奇剛才房間內發生的事，「狄爾，你對伯特做了什麼？」

這話聽起來更奇怪了。狄爾發現自己不太會應付這傢伙，但時間有點緊迫，他只好忽略那些雞毛蒜皮的小情緒，直直盯著艾薇的眼睛瞧。

「不管是什麼，妳都不會記得。」

「咦？為什麼？」

狄爾看著她，那是他第一次那麼認真地看她。她的眼睛很漂亮，是桃粉色的，就像童話故事裡的公主一樣夢幻。但他不喜歡公主，那種女生總是理直氣壯地要別人包容她，根本就是惡魔。

只是，明明艾薇在他的心裡是不折不扣的惡魔形象，他卻在她清澈的瞳孔中看見了天使般的純真與無邪。

並不是因為她長得可愛。這傢伙，所有的行為都誠實無比，既合理又惱人。

「妳真的很奇怪。」他不禁出聲。

「什麼？」

「沒事。」狄爾決定忽略這些想法，閉上雙眼。

當他再一次睜開眼時，深紅色的眸子緩緩地轉成了橘色。

無人出聲。

他看了她很久，她卻不為所動。這明明跟以前一樣是再正常不過的流程，狄爾卻覺得是她主動擄獲了他，讓他無法移開視線。照理說，這麼久應該夠了。

狄爾不自在地別開眼，淡淡地說：「午休了，我要回去睡覺。」

說完他便向前打開茶水間的門，正要走出去，小小的艾薇在身後出了聲。

「……狄爾，你還沒說，你對伯特做了什麼？」

她的聲音追上狄爾的腳步，把他釘在原地。他不敢相信發生了什麼事。照理說，她應該要忘記一切，連一點記憶的碎屑都不會留下……是哪裡出了錯？

狄爾驚訝地回身，那女孩的表情卻不像什麼都不懂。她的臉上漾起半分狡黠，半分好奇，往他的方向走了好幾步。她湊近他的臉，不為任何感情。

「你是真的不喜歡我耶。」

「啊？」狄爾傻眼。

她幹嘛又說這句話？喜不喜歡她很重要嗎？

「我也有對你使出一些『小把戲』喔。」艾薇學他的語氣說話。

狄爾不懂她的意思，但艾薇俏皮地望著他，像要解釋這一切般地把眼睛閉上。

做、做什麼？她要他幹嘛？

會錯意的男孩一陣慌亂，猶疑的視線落在她長長的金褐色睫毛上。他忐忑地看著，又見她緩慢睜眼。那一瞬，從她眼底湧現的金色深潭喚醒了他錯失的記憶。

原來，那時候並不是他看錯……

狄爾想起和她第一次的相遇。那時她沐浴在斜灑的陽光下，亮麗的金髮讓他產生了錯覺。

「現在呢？」

「啊？」狄爾一臉困惑。

「看，果然沒有用。」艾薇露出實驗成功的瞭然笑容，「就像我也不會忘記你做的事。」

他明明不曾對她解釋，但聰明的她一猜就中。

「妳……」他好像懂了什麼。「妳也有超能力？」

在生活中說出「超能力」三字確實很好笑，但狄爾也只能這樣形容它。畢竟，沒有其他更恰當的詞彙可以解釋他的「遺忘」天賦。

「嗯，我可以讓大家喜歡我。」說完，艾薇想了一下，「除了你之外。」

「那……那是當然。」狄爾不知道自己為什麼要強調這句話，總之，他終於明白現在的狀況了。「我也能讓大家失憶，除了妳。」

「哇，你的超能力很好用耶！」艾薇是發自內心地稱讚他，他也看出來了。

「……」但他還是覺得很奇怪。

「難怪，大家都不記得你打架的事。」艾薇興奮地在茶水間走來走去，得出某個結論時，還激動地拍了一下掌心。「是因為我們都有超能力，所以才會互相免疫嗎？好酷的設定喔！」

狄爾完全不知道她在興奮什麼，說不定她是故事書和卡通頻道看太多了，才能臉不紅氣不喘地說出那些中二的話。

「啊，對了！你這樣教訓伯特，他也記不住，怎麼辦？」

「哪有怎麼辦？教訓他就是爽。而且，我又沒讓他忘記幽靈，說不定他明天就不敢偷了。」狄爾雙手抱胸，用銳利的眸子掃視了她幾眼，「妳到底要聊多久？都午休那麼久了，等一下被老師罵。」

「又沒關係，你可以讓老師忘記啊。」

「我為什麼要幫妳?」狄爾翻了翻白眼。算盤打得真好,這傢伙也能說是現學現用了。

他不想管她,靈活地鑽出了門縫。才走幾步,又聽見艾薇在身後大喊。

「我以後也能幫你!要是你做了壞事,我會幫你跟老師撒嬌。」

她是要讓全世界都聽見嗎?而且,先幹壞事的人也未必是他。

「噓!」狄爾側過臉看她,用手指在嘴邊比了個手勢。後來,他見附近沒人,才放心下來。「……妳叫艾薇吧?」

艾薇滿臉不解,但仍笑著,「嗯,我第一天就告訴你了。」

「哼,早就忘了。」狄爾丟下那句違心的話,便一個人走向教室。

他第一天就記住了,她的名字。

不過,當然是因為她很奇怪的關係。

在那之後,艾薇自顧自地將狄爾當成了超能力盟友。

雖然狄爾的表情看起來不是很願意,但當她找他說話時,他姑且算是會回應她……因此,艾薇只當他口是心非、不夠坦率。

殊不知,狄爾是真心認為自己不是很擅長應付她這種奇怪的傢伙。

不過，艾薇是真心把他這位「冤家」當成盟友，尤其是在某個孩子來到總院之後。

「啊！是小貓咪！」

那天上午，艾薇坐在巧拼上和好友芬恩聊天聊得正高興，卻被一抹雪白色的影子奪去了注意力。

那是一隻純白色長毛貓咪，最近頻繁地出現在教室裡，性格優雅恬靜，但不太親人。艾薇向老師問過牠的名字，但連老師也不清楚。

不過，貓肯定是有人養的。牠的脖子上掛著淺藍色的項圈，上頭還有一個丹寧材質的蝴蝶結，和牠的眼睛一樣藍。

「小貓咪！快過來！」艾薇不知道牠的名字，所以總是這樣叫牠。

小白貓看了她一眼，用腿抓了兩下耳朵，優雅地躲開了艾薇的觸碰。牠甚至完美閃避了她散落在地上的長髮，堅持當一隻「一塵不染」的貓。

「牠還是那麼冷淡耶，難怪老師說她家裡只養狗。」芬恩不太敢靠近貓，幸好貓也不會靠近她。

「貓和狗一樣可愛！牠只是跟我不熟而已。」艾薇不死心，又湊過去摸牠。

這次小白貓只讓她摸了一秒，便又輕快地跑走。

「要怎麼跟牠變熟？餵牠吃飯嗎？」芬恩猜測地問。

「唔……」她也不知道。不過，她還有另一個更快的方法。

艾薇試著引起小白貓的注意，用手指在地上敲了幾下。白貓懶洋洋地望向她，就在這時，艾薇的雙眸由粉轉金，逮住機會對牠施展了「小把戲」。

其實，艾薇並沒有對人以外的動物用過超能力。一來是育幼院裡很少出現動物，二來是動物的行動靈敏，不一定有機會能讓牠們盯著自己的眼睛看。

小白貓因好奇而盯著她看。三秒過去，牠又抓了抓耳朵，貌似無事發生。

成功了嗎？艾薇不確定，正想走過去摸牠，身後便傳來一道清冷的男孩嗓音。

「牠不想被摸，就不要勉強牠。」

艾薇愣了一下，那人是誰，她雖然心裡有底，但望向他的時候還是忍不住呆了幾秒。

「……其瑟？」

與他對視，那雙似雪的眸子映入眼底，她才驚覺冬日已經來臨。

艾薇看了他好一陣子，不知道是在欣賞他的美貌，還是在思考要怎麼應對。

銀髮男孩卻沒等她回應，便安靜地繞過她，走向在不遠處舔手的小白貓。他伸手摸了摸貓咪的蓬鬆頭頂，像在悉心安撫牠。

小白貓倒也沒真的被艾薇驚嚇到，不過，看得出來牠很喜歡男孩，不只放心給他摸，還蹭了蹭他的手心。

艾薇安靜地看著一人一貓，冷不防出聲：「其瑟，那是你養的貓嗎？」

銀髮男孩手上的動作沒停，也沒轉頭看她，簡潔的話音像倉促落在琴鍵上的一顆音符，「嗯。」

只回她一個字，果真是省話一哥。

即使其瑟已經轉來總院一個月，她還是不怎麼習慣這位「冰山美男」的社交方式。應該說，其瑟根本不想社交。

不過，或許是老師想磨練他的溝通能力，竟然把剛轉來不久的其瑟任命為風紀。這也導致艾薇有點忌憚他，畢竟他抓她惡作劇的時候可是一點也不手軟。更糟的是，其瑟幾乎不正眼看她，害她空有超能力卻不能用。

所以，她才更需要狄爾這個盟友。艾薇還在思考今後的作戰計畫，冰山其瑟已經從小白貓身旁站起身，一句話也不說地往教室外走。

「其瑟！那隻貓叫什麼名字？」艾薇叫住那座冰山。比起其瑟，她現在更想收服那隻可愛的小貓。

「……我不知道。」幸好他還算有問必答。不過，這答案是怎麼回事？

「那不是你養的貓嗎？」芬恩也覺得奇怪。

其瑟看了芬恩一眼，凝瞅在地上翻肚的貓，想了一下才說：「嗯，但我還沒想好。」

「原來還沒取名字呀。」艾薇聽懂了，接著問：「那你什麼時候會幫牠取？我現在都叫牠小貓咪。」

「不知道。」又是一個相同的答案。

其瑟丟下這句話，再度往外走。離開前，其瑟側眼注視她那頭金色長髮，雖然只是背影，但似乎能想像到她失望的樣子。

「……就算妳叫牠的名字，牠也不會理妳。」他沒打算安慰那女孩，但也不想讓她期待太多。

艾薇有點無言，看她難得吃鱉，一旁的芬恩忍不住笑了出聲。

等其瑟真的離開，芬恩才敢評論他：「艾薇，我覺得他好冷淡喔！好看的男生都這麼難相處嗎？」

「『都』？」艾薇大概知道她在說誰，嘴角已經翹了起來。

「嗯……妳也知道，狄爾很帥，但他的脾氣不太好嘛。其瑟這麼冷淡，也不算好相處。不過，兩個人比起來的話，我覺得還是其瑟比較好一點。」芬恩開始分析兩個長得好看的男孩。

說起來，關於「院草」之爭，總院的孩子也分為了兩派——男生更崇拜狄爾，女生更傾慕其瑟。

艾薇想起張狂的狄爾和冷漠的其瑟，倒也沒有屬於自己的答案。

不過，她還是忍不住問：「為什麼？」

「狄爾講話有點凶，讓人壓力很大耶。其瑟雖然冷冰冰的，但至少不可怕……咦？狄、狄爾！」

一回頭，讓芬恩壓力很大的「本人」就站在門口。狄爾一反常態地安靜待著，芬恩見狀連忙找藉口溜了，只剩艾薇興災樂禍地望著狄爾。

「咦——狄爾，你怎麼來了？」

「不來怎麼聽得見妳們說我壞話？」狄爾雙手交叉在胸前，敞開張揚的笑容，眼裡卻沒有笑意。

「冤枉喔，又不是我說的。」她才沒覺得他可怕，頂多只能算脾氣差。

狄爾的鼻子哼了一聲，不甘願地走了過來。他坐在她身邊，看她試圖招惹那隻毛茸茸的貓，忙了半天也沒效果。那種不理人的傢伙這麼有趣嗎？

「是妳叫我來的，說要討論什麼作戰計畫……妳不會忘了吧？」

「我沒忘喔。」艾薇隨意應答。

狄爾看她還在對貓揮手，忍不住翻白眼。「幹嘛一直逗那隻小東西？牠又不喜歡妳。」

艾薇愣了一下，想起自己剛才對貓咪使用過的「鍾情」。啊，看來真的沒效。

「對耶，牠也不喜歡我。」

狄爾不明白她幹嘛用「也」這個字，想了一下，又或許明白。他忽然有些不自在，咳了兩聲才說：

「所以，妳想好怎麼對付那傢伙了嗎？」

說是「對付」也太超過，但其瑟確實是她和盟友之間的共同麻煩。

而這件事，要從一個月前說起。

當那個像雪一樣的男孩來到總院的時候，幾乎所有孩子都在注意他，包含那隻跟著他一起來的小白貓。

艾薇本來也想跟他交朋友，但其瑟對誰都冷冰冰的，講話的態度很不客氣。更傷腦筋的是其瑟的直覺異常敏銳，幾乎能馬上逮到她惡作劇的瞬間，以及狄爾鬧事的把柄。

所以，她現在才會找狄爾來音樂教室共同商量計策。

「上次我明明讓二班那個臭傢伙忘記我揍他了，為什麼風紀會知道？老師在大家面前罰我去打掃，我根本沒時間用超能力。」狄爾還惦記著一個星期前的事。

「嗯，一個一個刪記憶的話，好像很累……啊，狄爾，你又打架了？」艾薇一邊吃飯一邊問他，語氣不帶任何責備，反倒有點興趣。

狄爾不高興地看了她一眼，「是那傢伙先絆倒我！喂，妳不覺得風紀什麼都知道嗎？上次我也看他抓到妳把那個誰的鉛筆盒藏起來，但明明沒人知道鉛筆盒不見了。」

育幼院裡有一個這麼細心的風紀在，就算他們有超能力，也沒有那麼好用了。

「但他不看我的眼睛，我也沒辦法讓他喜歡我。」

「我也是。靠，那風紀一定有社恐。」

「人家有名字啦，叫其瑟。」艾薇糾正了他，隨後又問：「社恐是什麼？」

「管他是亞瑟還是其瑟。」狄爾聳了聳肩，「從大人那裡聽來的。意思是，他不喜歡和別人相處！真奇怪，一個大男人幹嘛這麼孤僻。」

艾薇很想提醒他，他和其瑟都還不是「大男人」。不過，瞧他說得頭頭是道，她也沒打斷他。

「妳說，那傢伙是不是有什麼毛病？連沒看見的事情也要管，太雞婆了吧！而且他還長得……呃，反正我不懂他哪裡帥。喂，妳不會也跟那些花痴女一樣喜歡這種傢伙吧？」

他發現艾薇偶爾會盯著其瑟看，說不定，這奇怪的女人跟其他女生一樣，也是個嚴重的外貌協會。但論外貌……他明明也不差吧？

「嗯？我不討厭其瑟。」

他又不是在問這個！

但艾薇好像不想繼續這個話題，又把注意力放回小白貓身上。

「你不覺得小貓咪很有家教嗎？這些飯菜這麼香，牠連聞都不聞耶。」討論作戰計畫實在太無聊，她忍不住分心了。

小白貓慵懶地躺在地上，雖不給碰，但也安穩地待在他們附近。

「家教？喔，這貓不是其瑟養的嗎？難怪。」狄爾的鼻子哼了一聲，「老古板規則一堆，一定教得好。」

「你再繼續說他壞話，說不定他等一下就出現了。」艾薇呵呵笑。

「來就來，我又不怕他。」狄爾不爽地喝了一口手裡的養樂多。「貓真的是其瑟養的嗎？小小年紀就養貓，會不會太奇怪。他去哪裡撈來的貓？還是他有爸媽幫忙照顧？」

每個人對其瑟都有很多猜測，畢竟，他幾乎不跟任何孩子說話。艾薇也對其瑟很好奇，可以的話，她還想和他再親近一點。雖然其瑟總是識破她的惡作劇，但她並不討厭他。

不過，狄爾就不是那樣了。說實話，她還真怕有天那兩人會打起來。

艾薇抬眼望著狄爾，發現他也開始盯著小白貓看了。他看起來不像喜歡貓的人，因此，她好奇地望向貓咪，這才注意到牠竟慢慢地往他們坐著的地方走來。

什麼？牠終於想理她了嗎？還是，超能力現在才生效？

艾薇望著朝思暮想的毛茸茸生物，彷彿下一秒就要撲上去。但小白貓優雅地踱步到兩人身前，竟選擇了狄爾的大腿，毫無矜持地躺了上去。

「……」艾薇的臉皺成一團。

「不要看我，我不知道。」狄爾的眉也皺成一團。

簡直像隻偷腥的貓。

「這、這貓一定是母的！難怪牠不要我！」

狄爾看她就像貓一樣氣呼呼，忍不住笑出聲。「不對，牠是公的。我就說嘛，牠只是不喜歡妳。」

「太過分了！」

隨著艾薇的抗議聲，午休的鐘聲也剛好落下，狄爾跟著起身，留下瞇著眼睛看他的貓。狄爾多看了貓幾眼，說實話，他不喜歡貓。比起貓，他寧可養一隻狗。

「小貓咪！我們要去睡午覺了，午安。」艾薇還是不死心地想討好牠，抑或她本來就很喜歡貓。

她先一步走出音樂教室，狄爾把手交叉放在腦後，注視著女孩搖搖晃晃的金色背影。

他在書上看過「欲擒故縱」這個名詞。雖然還不怎麼懂是什麼意思，但大概就是在指那隻貓和牠的主人。

哼，他才不相信其瑟真有那麼無欲無求。

午休時，狄爾趴在教室桌上，看似睡得很熟，卻在外套中露出一隻深紅色的眼睛。他餘光看見坐在左前方的艾薇睡得正香，停留了幾秒後，便移開目光。

五分鐘後，他悄悄地從座位上起身，自教室後門溜了出去。

「去哪裡呢……啊。」

狄爾放慢腳步，在走廊上晃了一陣子，從容的臉上看不出任何目的。後來，他像是想起什麼，身子一轉便往不久前待過的地方去。

一走進音樂教室，他便見到那隻小白貓正慵懶地躺在白色鋼琴上，像白雪落在雪地裡，差點看不清。

他想，那隻貓很喜歡音樂教室，說不定是因為這裡很安靜。畢竟，孩子們上音樂課的頻率不高，被罰去打掃的孩子可能還比較多。想起這件事，狄爾的腦中便浮現出其瑟的冰塊臉，對，那個害他打掃了三天音樂教室的傢伙……

忽然，身後傳來猶疑的腳步聲。他心裡有個人選，轉頭卻見到某人的臉。

「狄爾，你怎麼在這裡？」他的其中一個小弟站在門口，好奇地往教室裡面探了探。

狄爾撇開眼，不耐煩地說：「我才要問你。有覺不睡，在這裡幹嘛？」

「我中午肚子痛啊，在廁所蹲了很久耶。現在要回教室了，經過時看見這裡的燈是亮的……啊，其瑟有沒有記我名字啊？」

「我哪知道，又沒仔細看。但是他那麼雞婆，應該已經出來找我們了吧？」狄爾不知怎地勾了一下嘴角。

小弟越看越覺得老大神祕，又問：「被他找到又要扣分了，我不想掃廁所啦。你要回去了嗎？」

「還沒，我……」狄爾回頭看了貓一眼，目光閃爍，「我要餵貓。這傢伙餓了，叫了一整個中午。」

「可是狄爾，你不是討厭貓嗎？我記得你之前說過耶。」

「誰說的？我只是比較喜歡狗。」狄爾隨意敷衍，「你先回去，不用等我。對了，我在這……」

「知道、知道，我不會告訴其瑟你在這裡！那我先走啦。」他信誓旦旦地說，說完就跑。

狄爾愣了一下，想叫住他，「喂，不是——」

兩秒過去，他定神一看，哪裡還有那傢伙的影子。

「……」跑得比被他揍過的人還快。

教室再度空無一人，狄爾索性靠近那隻貓，一言不發地盯著牠。鋼琴上的貓對他翻了白肚，不知道為什麼，他覺得這傢伙好像真的喜歡自己。真沒戒心，不知道他討厭貓嗎？

狄爾又看了牠幾秒，竟從褲子的口袋裡翻出一包用夾鏈袋分裝的小魚乾。這是他在育幼院附設的超商買的，畢竟，院裡也沒有賣貓食。

他才剛打開夾鏈袋，小白貓便往下跳到琴鍵上，興奮地喵喵叫。

「看到吃的就變成狗了？真搞笑。」狄爾皺眉看牠，嘴角卻微微上揚。

他正要倒在手上，清冷的嗓音卻打破了教室的寧靜。

「牠不能吃。」

狄爾愣了一下，緩緩回身，擔任風紀的其瑟就站在教室門口，冷冰冰地看他。

「嘖，走路都沒聲音。」他把夾鏈袋塞回口袋，一臉不耐。

其瑟走過來摸了貓兩下，像是在確定牠的狀況。不久，他眼也不抬地應道：「有聲音的話，你就躲起來了。」

「我幹嘛躲？」狄爾挑著眉問。

聽完，其瑟竟輕輕地笑了一下。那笑容和他的聲音一樣冷，撞上狄爾眼底不悅的火光。

「也對，你不怕。」

「啊？說人話好不好。」狄爾其實不明白他在說什麼，但那冷淡的語氣就是讓他不爽。

「大家都很健忘。你打架、遲到，但沒有人記得，也不會被處罰。」其瑟冷眼望向他，狄爾這才清楚看見他眼睛的顏色。

這傢伙一向不直視別人，眼底的那抹灰藍色調令他感到陌生。更陌生的是那句話，他從來沒有從別人嘴裡聽到過。狄爾篤定他不知道超能力的事，但為什麼他能猜到？

「你在夢遊嗎？我才剛被老師罰，掃了這鬼地方三天耶。」狄爾的氣勢弱了一點，但他佯裝輕鬆，不著痕跡地靠近了其瑟一步。

其瑟再度避開他目光，「你犯規不只一次，但只有被抓到那次。」

狄爾挑眉，不悅地笑出聲音，「哈，就是你打小報告的那次吧！」

其瑟似乎想糾正他的說法，但又放棄，最後他平靜無波地說：「因為我是風紀。老師說不能打架，但你在走廊把二班的同學揍倒。」

說什麼揍倒啊？是那傢伙先絆倒他的，他只是把對方拽過來而已。他根本來不及好好教訓他，就被神出鬼沒的其瑟發現了好嗎！

嗯？不對，其瑟那時根本不在現場……

狄爾陷入了思考，沒注意到其瑟正仔細盯著他瞧。他的眼神依舊沒有溫度，等了幾秒，其瑟才說：「該回去了。還有，貓不能吃太鹹的東西，你要買就買寵物用的。」

這句話激起了狄爾的反抗意識，他自信滿滿地抬起眼，哼了一聲。「你又打不過我，要怎麼抓我回去？」

「回去找老師來就行了，除非你把我打死，藏在沒人會發現的地方。」其瑟回話的語氣像是在闡述一件沒什麼大不了的事。

打、打死？這傢伙小小年紀說這什麼恐怖的話？

「誰要打死你啊？好吧，告訴你一個祕密好了。」

他再度前進，現在，手長的他只要往前一撈，就能拉到其瑟的手，控制他的行動。想到這裡，狄爾得意地勾起嘴角，高姿態地望著他：「我不知道你是怎麼發現的，但沒關係。只要我想，你也會忘記今天的事。很神奇吧？但那就是我的超能力！」

望著其瑟那張不動如山的冰塊臉，狄爾越來越確信這傢伙就是欠罵。他罵到上了火，語氣變得更張揚，毫不退卻地說出「超能力」三個字。

要是艾薇看見，肯定會笑他中二。但那又怎樣！他還沒上國中呢！

「你不用怕，我沒有要揍你。對付你這種傢伙，只要讓你每次都忘記要找我麻煩就好了。」說完，狄爾抬起下巴，像隻驕傲的小獅子。「我是故意在這裡等的！蹺掉午休，又找你的貓玩，你一定會跟過來。」

其瑟一言不發，對狄爾而言像過了一世紀那麼久。雖然現在他的眼睛正望著自己，是一個非常好的時機，但不服輸的他就是想聽見其瑟講點什麼吃鱉的話，就算是嚇傻也好。可他那副死樣子，哪裡像嚇傻了？

在狄爾即將沒耐心之際，其瑟終於說話了。

「你那麼厲害的話，為什麼還會被罰？你就讓大家都忘記你亂打人就好了。」其瑟這話說得十分質疑，聽在他耳裡簡直就像嘲諷。

「啊？你是不是不相信我說的？」狄爾得出一個令人火大的結論。

也是，超能力這種事，說出去有誰會信？但……

「不信的話就來試試啊！」他不爽地伸手抓住其瑟的肩膀。

其瑟肩膀一縮，少見的惱怒出現在雪色的眉間。「幹什麼？」

「不好意思喔，我的超能力雖然好用，但必須看著你的眼睛才有效。誰教你都不好好看人，害我還要把你引過來……」

說到這裡，狄爾的腦中閃過了一個飄忽的念頭。不好好看人？奇怪，他記得其瑟好像只會躲開他和艾薇的注視。

還有，在其瑟剛來總院的那幾天，他也會直直望著找他搭話的艾薇。其瑟是從什麼時候開始躲他們的？

狄爾還在思考，餘光卻見到其瑟抬起膝蓋，貌似要攻擊他。他下意識放開對方的肩膀，往後跳開一大步，卻見他皺著眉拍了拍肩膀兩下，像是在嫌他的手髒一樣。

「靠，沒想到你也會打人？你不是乖寶寶嗎？」

「是你先抓我的。比打架的話，應該贏不過你。」其瑟面無表情地說。

他這話雖然明面上是在稱讚人，卻有種諷刺他野蠻的感覺。狄爾更不爽了，另一隻手又抓住他手臂，卻被其瑟用手肘回擊。

兩個孩子都動了怒，不一會兒便開始拉拉扯扯。狄爾雖然擅長打架，但其瑟閃避的本領意外地好，正當他打算出全力，強迫其瑟看自己的眼睛時，卻不慎絆到地板上的白貓，兩人一起摔到了地上。

小白貓完美地閃過了。

可是，其瑟大意了沒有閃。

狄爾以一種奇怪的姿勢壓在他上方，雙手甚至還抓著他的雙臂，而目猙獰。其瑟的臉一黑，渾身散發陣陣寒氣。

可此時，倒楣的事還不只一樁。身後的門再度走進一人，為這吵鬧的午休時間又增添了一點熱鬧。

「狄爾、其瑟？」

小小的艾薇摀住嘴巴，瞪大的桃色雙眸讓他們分不出那是尷尬還是興奮。不管是什麼，他們都有點想宰了那隻不剪頭髮的金色小鬼。

「你、你們躺在一起幹嘛？該不會……」下一秒，她驚喜地張大嘴。

……是了，那是興奮。

隔音良好的音樂教室瀰漫著詭異的寂靜，三人大眼瞪小眼，維持著微妙的平衡。直到狄爾從其瑟身上彈開，滿臉暴戾地指著艾薇破口大罵，僵凝的氣氛才被打破。

「誰躺在一起？妳這隻笨鳥給我張大眼睛看，是我壓著他！」

「……那樣說也很怪。」其瑟臭著臉起身。

「笨鳥？」艾薇把重點放在奇怪的地方，「你在說我嗎？」

狄爾愣了一下，這才想起自己忘記告訴她了。上次自然課的時候，他在課本上看見「玄鳳鸚鵡」的模樣，也不知怎地就想起她的臉。又吵又金、毛又長，跟她真像。

但他才懶得解釋！

「那是重點嗎？重點是，不管妳有什麼奇怪的誤會，都給我停下來！齷齪！」

「能想到『齷齪』，代表你也很齷齪。」其瑟再度不留情面地吐槽。

「哦？你國文很好嘛！」狄爾回頭看他，不爽地冷笑兩聲。

兩人相互瞪視，冰與火一觸即發，但艾薇走進戰場，從容地橫在兩人之間。像一堵牆，也像一條導火線。

「那你們到底在這裡幹嘛？」她輪流看了兩人一眼。

男孩們同時別過頭去，幾秒後，狄爾先說話了：「妳才在這裡幹嘛？我剛剛看妳睡得很死，為什麼又當跟屁蟲跟過來了？」

「喔，安迪回教室的時候撞到我的桌子，我就醒了。」艾薇望著狄爾，再把目光移向其瑟。「我發現你不在，又看到其瑟走出教室，就跟過來啦。」

還真是愛湊熱鬧的傢伙，不過，正合他意。

狄爾一邊走動一邊說：「那妳要不要問問看風紀大人，看他會不會大發慈悲，不在白板上登記妳的名字？」

聞言，其瑟的表情比一開始更不悅，連看都不看他們一眼。她只能望著他糾纏的雪色眉宇，猜測著他難辨的心。她第一次見到這樣的其瑟，狄爾到底是怎麼惹毛他的？

「你們在吵架嗎？不要吵了，有話好好講嘛！」艾薇手扠著腰，初次當起和事佬，卻好像沒什麼天分。

「平常都不好好講話的人是妳。」狄爾煩躁地走來走去。

「你們要在這裡混多久？」其瑟終於出了聲。

「其瑟，你真的要抓我們嗎？真的要告訴老師？」艾薇驚覺自己也有危機，連忙湊到其瑟面前問。其瑟依然別開臉，似乎不想看她。「妳又忘了我是風紀嗎？還有，那位野蠻人剛才又動手動腳了，不該抓嗎？」

就知道他覺得自己是野蠻人！狄爾強忍住怒氣，一言不發。

「狄爾！你幹嘛打人？」艾薇驚呼。

她覺得其瑟不太可能先動粗，甚至可能根本不會打架。她連忙抓起其瑟的手，仔細翻找，再把他從頭到腳看了個遍。

「……妳幹嘛？」被女生這樣對待，即使是冰山也有點不自在。他的瞳孔閃爍，但仍堅持避開她的視線。

艾薇連忙解釋：「我只是看你有沒有受傷。你別看狄爾小小一隻，力氣可大了，打遍天下無敵手。」

「誰小小一隻？妳才小小一隻！而且我一開始沒打人，只有碰他肩膀！」這句屁話狄爾真的忍不下來，馬上大聲回嘴。

他才十二歲當然矮了，但就算矮，也比其瑟和艾薇高！

其瑟發現暴怒的聲音來自後方，正要回頭，便被機靈的狄爾從背後扣住雙臂。他等這一刻很久了，早就趁艾薇分散其瑟的注意力，默默地走到他身後等待時機。這下，可以叫艾薇使用超能力了！

對付這種難纏的傢伙，還是「鍾情」比較靠得住。

「艾薇，快點上！」狄爾大聲喊她。

「上？」艾薇驚恐地睜大眼。天知道她想歪了什麼。

「喂！你們到底想幹嘛？」其瑟激烈地掙扎，因雙手無法施力，還往後踢了幾腳，企圖掙脫。

狄爾只好用腳勾住他其中一隻腿，以自己的天生神力勉強壓制住他。

等等，這畫面是？艾薇看得一愣一愣。她勉強推敲出狄爾想讓她幹嘛了，但這、這畫面實在是……看她呆住，狄爾簡直要氣死，「妳還在發什麼呆？快讓其瑟那傢伙喜歡妳啊！」

「……啊？」聽見此話，其瑟停下掙扎，不可思議地望向艾薇。

來、來了！她得抓住時機！

於是，在心裡對其瑟說了幾次對不起，難得抱有愧疚心的艾薇，就這麼湊近了其瑟的臉龐。

冰山美男的臉近在咫尺，她能清楚地看見其瑟的目光漸漸凝滯。灰藍目色像一塊薄冰，淺淺地映出她美麗的面容。

艾薇閉上雙眼，再次與他對視時，已成了金色眉眼。

「……」

沒有一個女孩曾和他這麼靠近。其瑟的呼吸也慢了，他忘了要避開，忘了她很危險。

他是看得見的。

也再一次證實了他心中的某個猜測。

「其瑟？」她喚他名字。

「……不要靠這麼近。」其瑟的目光變冷，無意間給了聰明的艾薇一個同樣的答案。

艾薇只愣了幾秒，便在那一刻露出如太陽般燦爛的驚喜笑容。其瑟不明白她的轉變，安靜的狄爾也看不慣她現在的樣子，不悅地放開了被自己箝制的銀髮男孩。

就在那時，艾薇如玉珠般的嗓音激動地響起：「你也是！其瑟，你也……」

「什麼？」其瑟的聲音有些蒼白。

兩個男孩同時望向在原地跳躍的金毛小鳥，她也不吝嗇地分享了答案：「其瑟也有超能力！我的『鍾情』對他沒用！而且、而且他知道我們有超能力，所以才會一直不看我們的眼睛！」

聽見此話，狄爾震驚地看了其瑟一眼，而對方輕輕地嘆了口氣，望向艾薇的視線飽含無奈。

忽然，其瑟走近艾薇，低頭靠近她的臉。狄爾愣了一下，見他閉上了眼又睜開，神祕優雅的灰藍色眼睛在那一刻鍍上冰雪般的淺銀藍光芒，如同他的皚皚髮色。

狄爾看不到艾薇的表情，不知道她是不是像他當初看她一樣，也覺得其瑟的眼睛好看。

不過，那才不關他的事。

莫名的不悅縈繞於心，狄爾別開臉，逕自背對兩人。

「嗯，還真的沒用。」顯然其瑟也是第一次嘗試對她使用超能力，直到現在，他才確定這個事實。

「我還沒說話，你怎麼知道沒用？」艾薇好奇地問。

其瑟是個低調的人，本來一輩子都不打算對外人說出這個祕密，但基於某個原因，他還是誠實地回應了艾薇。「我的能力是『讀心』。」

艾薇驚呼，「哇！也太、太……」

「太好用了吧？」狄爾一掃剛才的不爽，震驚地走過來。「靠！難怪你會知道我打架！不對啊，我刪掉二班那傢伙的記憶了，你怎麼可能讀得到？」

難不成其瑟能讀到完整的記憶？那豈不是專剋他！太扯了吧！

「我只能讀到他現在在想什麼。但我確定他被你打了，因為那時候我剛好在對面的走廊上。」

雖然其瑟這傢伙講話很迂迴，但狄爾總算明白他並不能破解自己的超能力，因而鬆了口氣……嗯？

「靠！不對啊，你這樣就跑去告訴老師？你不會找我問清楚嗎？」狄爾又不爽了。他最討厭「斷章取義」的傢伙，明明就是那傢伙先故意絆倒他的！

其瑟冷笑了一聲，「看到你的眼睛也變成其他顏色，誰想過去？還有，妳也是。」

艾薇看他終於肯直視自己，亂感動了一把。她的爪子不自覺地攀上他手臂，興奮地問：「那你之前不知道我們沒辦法互相發動超能力吧？」

「誰知道？我又沒遇過跟我一樣的人。」其瑟看一下她的爪子，敷衍地動了兩下手，倒也沒真的甩開。

怪了，她總覺得其瑟說話的方式和狄爾有點像，只是一個冰冷，一個炙熱。不管怎樣，她喜獲兩個盟友，可喜可賀！

艾薇還沉浸在喜悅中，完全忘了兩個男孩不對盤。狄爾上前扯住她的手臂，把她往後拉了一步。

「看妳這表情，就知道妳在想什麼。妳別想得太美了！這傢伙搞不好只會搞破壞，妳看他連事情都沒搞清楚就告我的狀！妳還想找他當盟友？」狄爾本來也不打算真的當她盟友，但大敵當前，他竟默默接受了。

「都愛隨便抓人，你們真像盟友。」其瑟又拍了拍手臂，但只拍狄爾抓過的地方。

狄爾看了又要發火，艾薇卻把他推到自己身後，再一次站在兩個男孩中間。

「不行！你們不能再吵了，有誤會就要好好解決！」她先望向其瑟，表情微微變得正經，看起來總算有幾分和事佬的樣子。「其瑟！狄爾他打二班的同學，是因為那個人先跑過來罵他，還伸出腳絆倒他！你看，狄爾的膝蓋受傷了，到現在都還有瘀青。」

其瑟冷淡地看了他的膝蓋一眼，發現瘀青的當下，他幾不可見地愣了一下。沒錯，他記得狄爾的膝蓋包了幾天的紗布，但沒人知道是怎麼回事。說起來，其瑟也聽說過二班的那個男生性格跋扈，比狄爾更愛鬧事。

看其瑟沒說話，艾薇又望向狄爾，「還有！狄爾，你不要什麼事都用打架來解決，其瑟是風紀，不管他想不想都只能先抓你。下次如果有人罵你、打你，你可以告訴我和其瑟，我們一定會幫忙。」

「誰要他幫忙？還有，他明明很想抓我吧！」狄爾嘴上不饒人，目光卻有點心虛。

其實他也知道打人不對，但他有時就是難以忍住自己的臭脾氣，尤其是遇到那些不講理的人的時候。今天他也沒打算對其瑟動粗，卻還是意外害他摔在地板上。他雖然討厭其瑟，但心裡確實有點過不去。

但這話叫他怎麼說得出口啊？

看兩人的神情都有點動搖，艾薇暗自竊喜。下一秒，她伸出雙手，勾住兩個男孩的手臂。

她對戀愛尚未開竅，並沒有覺得哪裡不妥。男孩們也一樣，渾然未覺心跳的不規則頻率。

「沒關係、沒關係，我們才十一歲，還有好多時間可以聊天！要變成厲害的同盟，就是要從聊天開始！對不對？」

艾薇踩著輕盈步伐，卻頑固地糾纏他們，成為了那條緊緊綁著三人的金色絲線。

「對個鬼！我有說想跟他聊嗎？還有，本大爺現在也不想跟妳聊了，一堆鬼點子，煩死人了。」

「狄爾，你太不坦率了！」

「誰不坦──」

「……沒人提醒妳剪頭髮嗎？我快要踩到妳了。」

「其瑟，沒關係！頭髮自己會閃，你放心。」

「妳是什麼長髮妖魔嗎？」

「靠！對啦！妳趕快給我剪頭髮，金毛小鳥。」

狄爾不屑地看了其瑟一眼，其瑟也冷冷地回望他，這一刻，他們都覺得彼此難得說了一句人話。

走出音樂教室時，午休結束的鐘聲也正好響起。走廊上逐漸嬉鬧起來，無人在意他們的吵鬧。

不過，有些緣分才正要開始。

那一刻，三個孩子連結在一起，形成一個和諧的等邊三角形。他們彼此凝望、相互抑制，眼中倒映著各自的色彩，連綿不斷地持續著緣分。

艾薇回望了一下長廊，初冬的溫和陽光灑在身後，帶來微涼的暖意，如此矛盾又和諧，正如他們三人。

她想，也許今後有人能真正懂她了。

冰山王子？不，我只是不愛說話。

——其瑟

章三

一直以來

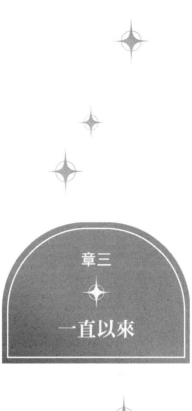

「不是，艾薇……就算學校跟我們老闆有關係，妳也不能考成這樣吧？」

院長辦公室內，和藹的老太太難得一臉嚴肅。能突破艾薇的鍾情魔法，毫無偏頗地對她投以一記死魚眼，代表她確實是考得慘不忍睹。

「我……我也不是想著老闆的臉考的……」有時候，連艾薇都不知道自己在說什麼。

「噗！」

一旁，壓抑許久的笑聲還是破功了。狄爾帶著笑意看她，卻沒料到自己下一秒也被波及。

「狄爾，你也半斤八兩。這次期末考，你只有體育和數學及格，再這樣下去就要被退學了。」院長嘆了一口氣，把成績單遞給站在艾薇身邊的狄爾。

狄爾咳了兩聲，試探性地問：「那個……院長，老闆不是投資學校不少錢嗎？難道不能……」

這五年過去，狄爾耳濡目染，也學會了艾薇的厚臉皮。但是院長並不「鍾情」狄爾，鐵面無私地回答：「不行！老闆對你們很好，但不是要寵壞你們！你們學校也不是公立的，被退學的話，只能想辦法賺錢重考。」

那麼貴的學校，他們要去哪裡打工賺錢啊？艾薇和狄爾對看了一眼，前者心虛地戳戳手指，後者煩躁地抓抓後腦。

人在屋簷下，被養著、供著，終究是要聽話的。

艾薇突然好希望自己能見上育幼院的創辦人一面。只要對那位老闆施加「鍾情」魔法，他就會幫忙她和狄爾了吧？

「我話就說到這裡，艾薇和狄爾，你們快點想辦法考好一點。我記得你們學校有課後輔導，可以去問問班導，多用功一點，或是回來找國中部的老師幫忙。但高中的課，他們能幫的應該也不多。」

言下之意，就是叫他們自己想辦法。

艾薇真的沒想到，他們這麼快就要升上二年級了。二上的期中考要是再不及格，兩人可能就會被退學。

「唉，真傷心，魔法美少女居然也要考試。」走出院長辦公室時，艾薇像洩氣的氣球一樣，垂著頭髮走路。

不對，從後面看根本像一棵金色榕樹。

「我知道妳會用魔法，但美少女在哪裡？」狄爾輕笑。

「喂！」她猛然抬頭，又矮又小的拳頭在狄爾面前虛晃兩招。

狄爾抓住她的手腕，笑著猛拉她一把。艾薇擦過他的呼吸，差點跌進他胸口，好不容易站穩，從飛散的金髮瀑布中露出一雙粉眸瞪他。

年紀越長，他越喜歡和她打鬧，喜歡看她氣呼呼的樣子，喜歡她的手落在他掌心裡。他心情很好地望著她，過了幾秒才放開她的手。

或許她沒有發現，但發現了，那也好。

「幹嘛瞎操心？用功一點讀不就好了。平常也沒看妳在看書，考這麼差都是因為懶。妳只有語文及格，能看嗎？」狄爾把雙手擺在腦後，不以為然地說。

「你還說我！自己也只有兩科及格！」

狄爾無預警被嗆，馬上硬起來反駁，「我只是不想讀而已！要是本大爺認真讀書，哪還有全班第一名的份？」

「唔，全班第一名好像是……」

「把那麼糟的成績掛在嘴邊，還講那麼大聲，真懷疑你們有沒有羞恥心。」其瑟站在走廊上，面無表情地望著他們。

喔，沒錯，學霸其瑟是不可能被院長約談的。

還有，那個「全班第一名」就是其瑟，怎麼看都不可能跌落神壇。

「其瑟！」像找到救兵一樣，艾薇毫無羞恥心地朝那座冰山奔了過去。她睜開星星眼，雙手合十，只差沒跪在其瑟面前。「拜託你教我功課好不好？我們快被退學了，真的！」

「連他也要？」其瑟的視線越過她，不冷不熱地落在狄爾身上。

「我不要！」狄爾嘖了一聲，面露鄙視，「我只是不愛讀，不代表我不會！不過，依金毛小鳥的程度，我真懷疑你有沒有辦法教好她。」

「不管她多差，我都會教好她。」

「哼，嘴上說說誰都會。她又不聰明，我隨便猜都比她高分。」

「那是沒錯，但我會救她。」

艾薇臉色一沉，幽幽地走到兩人中間，「……你們到底是在吵架，還是在罵我？」

狄爾咳了兩聲，「反正！還有一個寒假，這時間夠讓朽木變成黃金了。金毛小鳥，我沒說妳是朽木，不要對號入座。」

艾薇又要炸毛了。其瑟望著艾薇不高興的臉，忍不住發笑。

「看，連冰塊宅男都在笑妳了。」狄爾轉身下樓，嘴裡還在幸災樂禍。

「他才沒……其瑟，你應該沒在笑我吧？」艾薇楚楚可憐地問。

其瑟默默地看了少女一眼。

他不是冰塊宅男，還有，她考成那樣其實滿好笑的。

要先否認哪一個才好？

在那之後，其瑟認真地接下了教學的任務，不只每張考卷都幫艾薇複習，還常常在假日的時候和艾薇一起待在育幼院的自習教室。

狄爾雖然也考差了，但他的資質其實不錯，靠自己讀書就很有效。而且，他一旦認真起來，甚至還自行安排了縝密的讀書計畫，目前正一字不落地實踐著。

艾薇就不怎麼順利了，生性懶惰的她一點也不自律，不管制定了什麼計畫都會發懶。幸好有其瑟幫忙她，以最有效率的方式改掉她在答題上常犯的錯誤，一個月過去，她也算是把一年級的科目稍微搞懂了。

不過，以她的程度，要穩定地考出全科及格的成績還是有點困難。

尤其是數理。

「啊！公式好難背，圖也看不懂！」艾薇激動地指著考卷上的題目，像是下一秒就會把紙撕爛。「這圖印得那麼黑又這麼糊，誰知道它說的B是哪一邊？」

「就算印彩色的妳也……」

「嗯？」艾薇眼巴巴地望著她唯一的浮木。

其瑟只好收斂一下自己的毒舌，「沒事，繼續吧。」

「唉，我們已經讀了一個早上。」艾薇忘記自己才是求救的那一方，還厚臉皮地博取學霸的同情，「現在是寒假耶，要不要出去走走？」

「……可是，昨天妳寫的模擬考題，還是只有三十分。」

艾薇趴在桌上，瞬間陣亡。

沒想到這句話會讓她崩潰。

他試著在冰雕臉上擠出一抹不自然的笑容，「沒事，妳原本只有十分。」

「你還真會安慰人。」

「嗯……距離六十分，還有三十……」

「好了！」艾薇快哭了，「其瑟，你變回原來那樣就好。毒舌一點才像你，別勉強安慰我了。」

「……只有數學不及格的話，不會被退學。」他立刻放鬆嘴角，面如死灰地說。

原來其瑟已經放棄她的數學了。

「為什麼數學那麼難？要怎麼樣才能跟你一樣聰明？唉，狄爾明明成績也不好，但數學竟然還不錯……」

見她提起那傢伙，其瑟幾不可見地皺眉，「他也只是及格的程度。」

「可是，他昨天給我看自評考卷，上面打了八十五分耶！自己讀就能進步那麼多，好羨慕喔。」

狄爾一個人就能搞定沒錯，但她有他的幫忙，不好嗎？

其瑟斂下藍眸，將握著原子筆的手伸向艾薇。他輕輕用筆桿敲了敲少女的指節，引來她沮喪的目光。

其瑟慢慢地將筆抬高，探向她下垂的嘴角，而後，撥開垂落的散髮。

「要休息一下？」

「可以嗎？」艾薇微愣，疲憊的臉龐漸漸地浮現笑容。

或許，他只是想看清楚她的笑臉。

尤其，那抹笑是因他而生。

「我不是老師，沒那麼嚴格。而且，妳心情好一點的話，晚上才能好好讀書。」

其瑟從椅子上起身，望向窗外，想像著當夕色染紅今日的天空時，他和她依舊待在一起的模樣。

「沒錯！心情不好的話根本讀不下去。不愧是其瑟，超級懂我！」

不，他一點都不懂她。

千百次了，他千百次想讀她的心，卻總是徒勞無功。

艾薇先一步跑出教室，朝氣十足地站在走廊等。其瑟緩步跟上，低啞的嗓音如腳步聲般隱約追隨。

「……我只是覺得，這樣說妳才會開心。」
「嗯？」她在看窗外積雪的楓樹，沒聽清楚。
「沒事。」
一年過去，他似乎又長高了，已經超過一百七十五公分。雖然還是沒能比過狄爾那棵鐵樹，但其瑟很慶幸自己離她更近一點。
「你想去哪裡？」停在一百五十公分的艾薇抬頭望著他。他似雪的眸子，被她金色的溫度融化。
一直以來，一直以來。
「去妳喜歡的地方。」他說。
他不明白，所以只能追隨。

「咦？竟然沒開！」
艾薇萬念俱灰地站在緊閉門扉的甜點店前面。
這間店是她以前和芬恩偶然在育幼院附近發現的，店雖然很小，但年輕的老闆娘出國鑽研烘焙，做出不少外觀和口味兼具的創意甜點。
不過，艾薇最喜歡的還是樸實無華的提拉米蘇。

只可惜甜點的價格不便宜，她通常只能在存夠零用錢後久久來一次。

「它哪幾天有營業？」

「我記得今天應該有開啊，它休週一。」艾薇踮著腳尖，從玻璃窗往店內看，裡面的燈是暗的，也沒有人。

不久，其瑟從店外的招牌上找到營業時間，「這裡寫週一公休。」

但今天是週三，不應該沒開。

兩人在店門口站了一會兒，正打算放棄，這時，隔壁的花店走出一位中年婦人，淡淡地看了他們一眼。

其瑟對上她的目光，出聲叫人。「阿姨，請問一下……」

「啊？」阿姨皺住眉頭。

「請問這家店還有營業嗎？」其瑟禮貌地詢問她。

花店的阿姨似乎愣了一下，沒多久又不耐煩地擺擺手。後來，她什麼也沒說，便又回到花店去。

「看來鄰居也不知道。」艾薇聳聳肩，「不然先回去吧？」

「店長大概出國進修了。」其瑟卻忽然說出她沒聽過的答案。「我剛才讀了阿姨的心，知道甜點店的店長上週出國了，好像是要去進修烘焙。」

在那短短的一瞬間，他竟然能透過「讀心」拼湊出這麼多線索，真不愧是天才。

「但阿姨怎麼不告訴我們？該不會他們關係不好吧？以前我跟芬恩來的時候，看過店長和花店阿姨吵架，不知道為什麼。」

其瑟靜了幾秒，想起他剛才讀到的腦中獨白。

——我就叫那孩子不要常常出國了，這下子熟客都找不到人。

——進修什麼，只是不想回家的藉口。

——唉，我老了，女兒都不回家了。

花店阿姨的感受，他似乎也懂。他的爸爸長年在外，把他寄養在育幼院裡，不常回來看他。雖然媽媽常來，但因為「讀心」的關係，他覺得自己和父母的關係不算親。

和艾薇、狄爾不同，他的家人，是知道他有超能力的。因此，他從來沒機會讀爸媽的心。不過，年紀越大，他也越不敢做這件事。

他害怕爸媽其實不喜歡他。

「……其瑟？」

他回過神，看艾薇好奇地盯著自己，視線清明，像隻斑斕的蝴蝶飛進他的灰白世界。忽然，他克制不住內心深處的衝動，灰藍的雙眸染上皚皚雪色。

雪落下了。來得恰好，似乎能掩蓋他動搖的心。

艾薇見他忽然對自己使用超能力，不解地眨了眨眼。過了幾秒，她微笑，「你想知道我在想什麼？」

「嗯，但是……」果然一片空白。

「可是，我更想知道你在想什麼。讀不到的話，還可以用說的嘛！」

是啊，她說得對。

其瑟的嘴角輕輕上揚，和她一起漫步在街上的同時，他把爸媽的事告訴了艾薇。

「啊，難怪你從來沒說你有讀過爸媽的心。要是他們知道的話，有可能會躲。」

其瑟想起小時候的事，淡淡地說：「嗯，而且我媽不小心告訴了阿姨，親戚都有點怕我。」

「但你也不會沒事亂用超能力吧？只會用在有需要的時候……」

不過，「需要」又是誰來定義？

艾薇莫名地想起自己，以及帶給狄爾無數困擾的「鍾情」魔法。

看她忽然安靜，其瑟也不想繼續聊沉重的話題。他停下腳步，拿出放在外套口袋的手機。

「現在才三點多，我們可以去學校附近的甜點店吃熔岩蛋糕。吃完之後，我還知道一家晚上才開的小餐車，雖然主要是賣熱狗，但好像也有杯裝的提拉米蘇。」

對了，她差點忘記其瑟是個美食家。他雖然不常出門，但手機裡有一堆口袋名店，看來常常掛在網路上蒐羅美食。

她正要答應，卻不小心打了個噴嚏。其瑟想起十二歲那年她在月光下打的可愛噴嚏，不禁微笑。

「好冷喔，又下雪了。」艾薇搓了搓手心。

她現在才發現這場雪。

忽然，她的眼前短暫地罩下一道陰影。脖子傳來柔軟的觸感，抬起頭時，其瑟的清冷目光包圍著她。他的眼裡有她，圍著白色圍巾的她。

她清楚看見了。

「你不冷嗎？要給我戴？」她遲疑地摸了下脖子上的圍巾。

其瑟本來就怕冷，衣櫃裡有不少圍巾。雖然狄爾常常嘲笑他「冰塊還怕冷」，但其瑟還是堅持秋冬出門一定要戴圍巾。

「給妳。」其瑟的手還放在圍巾上，從遠處看，就像在雪中擁抱她。「走吧，去吃甜點。」

他沒說原因，但需要原因嗎？

不能讀心的人也懂，那叫「珍惜」。

那份「珍惜」是從什麼時候開始的，其瑟已經記不清楚了。

不過，他還記得十二歲那年的事。

那時他剛被艾薇揭穿「讀心」的祕密，心頭除了困惑和不安，還有難以解釋的尷尬。也就是在那個心事多到睡不著的夜晚，他又被金髮小鬼揭穿了另一個祕密——

他遠遠就看到她了，在育幼院後方的庭院裡。

金髮女孩趴在涼亭的桌子上，似乎正抬眼望著月光。其瑟從後方望著她，並沒有出聲打擾。

他想，他該在這時擺出「風紀」的架式，勸她趕緊回女宿嗎？

但，不管出於什麼原因，兩個未成年的孩子在凌晨一點出現在這裡，都是不被院長允許的。

就算是身為風紀的他也一樣。

其瑟不想被她抓把柄，正打算靜悄悄地離開，卻在這時踩到一根孤零零地躺在地上的樹枝。聲音非常響亮，他恨不得把自己的腳砍斷——

「誰？」艾薇果然聽見了。

「……」他沒應聲。

艾薇盯著他的側臉看，似乎在確認他的長相。其瑟的臉沐浴在月光下，灑進她眼底。

「……其瑟？真、真的假的，你連我偷溜出來都知道？」

聽見此話，其瑟緩緩地轉正身子。不知怎地，那幽冷的目光竟透露出一絲尷尬。

尷尬？咦？

聰明的艾薇好像想通了什麼。

「其瑟，你該不會也是用超能力偷溜出來的吧？」

「……」

看他的表情逐漸僵硬，艾薇賊兮兮地笑。而他目光閃爍，像從高塔逃跑的王子。

「嘻嘻，沒想到你也會做壞事？」

就在那時，他心中那個微不足道的祕密被她發現了。

沒錯，雖然身為風紀，但他並不是大家想像中的那個「乖寶寶」。他也會違規，也會在睡不著的夜晚裡……偷偷從男宿溜出來。

其瑟走到金髮女孩的身邊，一言不發地坐下。在被她的目光騷擾許久後，其瑟終於望向了她。

在「讀心」的祕密被她知道以前，其瑟不曾仔細看過她的臉和眼睛。但是現在，月色照亮了她的面容，為她的清麗臉蛋刷上一層朦朧的光，彷彿清透的妝容。

他聽艾薇說過她的能力，可他覺得，說不定不需要那能力，大家也會喜歡她。

……前提是她不要搞那些詭異的惡作劇。

「這樣我們三個就平手了。」

其瑟安靜了兩秒，「妳的意思是，抓到我的把柄了？」

「不是啦！」她的爪子在他面前揮舞，「我們又更像了吧？本來覺得你很乖，現在嘛……」

「很壞？」

艾薇笑了起來，「很親切！」

其瑟不理解她的想法，只覺得她很奇怪。他別開眼，隨意問：「妳為什麼溜出來？」

「我睡不著啊，你也是嗎？」

「嗯。」他點頭。

艾薇似乎很意外。「啊，那你是怎麼拿到鑰匙的？」

照理說，育幼院的孩子是禁止在晚上十點後出去的，每到晚上十點，負責留宿的老師便會鎖上鐵門，以保障所有孩子的安全。不過，這可擋不住擁有「鍾情」超能力的艾薇。她老早就從老師那裡騙到一支備用鑰匙，在抽屜裡藏得好好的。

——老師，宿舍那邊的門鎖起來了，要去哪裡找鑰匙？

——其瑟，鑰匙只有老師能拿喔！老師怕你們晚上自己跑出去，很危險。

——嗯，謝謝老師。

其瑟想起他和老師的對話。他不需要真的從老師的口中得到答案，他只需要提問，並讀懂對方在那瞬間想起的畫面就行了。

「……剛來的時候，我讀了老師的心，所以知道她把鑰匙放在哪裡。」

「那你每次出來都要拿鑰匙？她不會換地方放嗎？」

艾薇已經預設他偷溜出來很多次了，事實也的確如此。其瑟莫名有點心虛，伸手抓了抓被月色染白的臉。「我拿的是備用鑰匙，沒放回去。」

「喔！那你跟我一樣。」艾薇掏出外套口袋的鑰匙，得意地晃了晃。「不過，狄爾想偷溜的話也很容易。」

見她無端提起那男的，其瑟幾不可見地皺了眉。他還沒當狄爾是朋友，當然，艾薇也是。

不過，長髮妖魔總是比野蠻人好一些。

艾薇的手一邊比劃一邊說：「狄爾可能會直接跑進老師的房間拿鑰匙，反正他的力氣很大。拿到之後，再刪掉老師的記憶就好了。」

「那叫做『搶』。」他忍不住吐槽她。

艾薇笑得很開心，甚至開始擬定三個人合作的方案。在她的腦子裡，搞不好裝滿了想占領整個育幼院的想法。

可怕的是那些鬼計畫裡面都有他們。

其瑟聽著聽著，也稍微有了點睡意。雖然她的話題並不無聊，但嗓音輕盈，搭著晚風聽，有點像水晶音樂。

其瑟不自覺地閉上眼睛，艾薇卻湊到他耳邊問了一句：「你覺得，這裡還有沒有像我們一樣的孩子？」

他訝異地睜眼，望向女孩閃爍的瞳光。她看起來並不寂寞，可他總覺得她想要更多的同伴。

「不知道，但我讀大家……咳，讀心的時候沒發現。」其瑟下意識遮住自己的半張臉，看了艾薇一眼才又放手。

他的表情看起來有點微妙，艾薇托著下巴看他半天，才猜他可能是怕被發現自己讀了所有人的心。

不過如果她也有「讀心」能力，絕對也會那麼做。

「我本來也以為只有我是，後來發現狄爾竟然跟我一樣。再後來，我又遇見你。」說完，她把右臉枕在自己的手臂上，帶著笑意看他。「很神奇吧？超有緣的！我們一定可以一起做很多事！」

他知道他們都還很小，但她未免也太天馬行空了。她那些奇特的發言，都讓他覺得她某天可能會幹出什麼愚蠢的事。

「別把我加進去，而且，我本來也不想讓別人知道。」其瑟的嗓音低得像嘆息，幾乎要隱沒在夜色裡。

「那你為什麼告訴我？因為我發現了？」

要是其瑟想，他也可以打死不承認。沒人能逼他說出真相，她和狄爾也無法確認他說的話是不是真的。

所以，艾薇還以為他跟她一樣，很想找到同類。

「一般人都不會覺得讀心很厲害，他們只會害怕自己的祕密被我聽到。」其瑟似乎想起了什麼，眼底浸潤著淡薄的幽暗。

「會嗎？我就覺得很厲害。」艾薇的眉間皺成一團。

他看著她的滑稽表情，嘴角淺淺地動了一下。「那是因為我聽不到妳的。要是我聽得見，妳一定會躲得遠遠的。」

她鬆開了眉間的皺褶，元氣十足地說：「不會喔，我會慷慨地讓你聽。」

還真敢說。不過，她看起來的確打算那麼做。

其瑟在不知不覺中被她爽朗的態度影響，面部的線條逐漸柔和。他放鬆了嗓音，低沉慵懶，聽在她耳裡像一首專屬的晚安曲。
「所以我才會承認超能力。我想知道你們怎麼調適心情，但我現在覺得你們只是神經大條。」他終於給了她答案，但也不忘再吐嘈她一次。
「好過分喔！」艾薇嘴上這麼說，但笑得很開心。
沒多久，她突然打了一個響亮的噴嚏。其瑟看了看手錶，覺得他們是真的該回去了。現在再怎麼樣也是冬天，越晚越冷，要是她感冒的話就麻煩了。
「走吧，回去了。」其瑟率先起身。
艾薇聽話地跟上，小心翼翼地捧起長髮。她望著其瑟踩著庭園石磚的背影，忽然想起那隻動作靈活的小白貓。哎呀，他們真的很像。
「……妳在笑什麼？」沒想到，其瑟忽然回頭看她。
艾薇搖了搖頭，順道問：「啊，你出來，貓咪不會想跟嗎？」
「牠現在只想睡覺。」說完，其瑟小小打了個哈欠。發現她在看，他還意思意思地遮了下嘴巴。
喔，他有偶像包袱。
「你還沒幫牠取好名字嗎？」艾薇往前跳了一格石磚。
「……我不知道牠喜歡什麼名字。」
她愣了一下，注視那張看起來有些煩惱的臉。煩惱是因為溫柔，謹慎是因為在乎。
或許，其瑟並不像表面看上去那麼冰冷。

「但是大家都不知道啊。沒人知道寵物在想什麼……啊，你可以讀貓咪的心嗎？」

其瑟搖了搖頭。「說不定以後可以讀懂吧。」

到了那時，才想幫牠取名嗎？

其實，她也想過自己的超能力或許能變得更強，在她的年齡增長之後。但目前沒什麼變化，她也沒抱多大的期望。對她來說，現在就很夠用了。

艾薇再度往前跳了兩格，來到其瑟的身邊。她雙手捧著頭髮，在月光下輕輕回身，也注視著他深思的臉龐。

「可以喔，就算不靠『讀心』，你也一定會懂牠。」

其瑟看似無動於衷，呼吸卻悄悄地顫動了一下。他有太多心事沒說，而她明明什麼都不知道，還說得煞有其事。

他把舒展開來的眉藏進雪色的瀏海下，淺淺揚起今天的第二個笑容。

「小貓咪是你領養的嗎？」艾薇顯然對他的貓有源源不絕的好奇心。說完這句話，她便超越其瑟，又往前跳了一格。

「我爸在路上撿到的。」

「喔！原來是這樣……咦？咦咦？」在艾薇驚呼的同時，她正好準備跳向下一個石磚，卻不小心沒站穩，整個人往前傾斜。

在那零點零幾秒的瞬間，艾薇是真的猶豫過她該護住身體還是頭髮，幸好，一直看著她的男孩伸出了援手。

其瑟的手臂橫在她的腰間，安穩地接住了她。確定她站好之後，他便迅速放開艾薇。

「……好好看路。」

「抱、抱歉，我嚇了一跳。」艾薇的手仍抓著頭髮，其瑟覺得那就像是她的命一樣。「其瑟，你有爸爸？」

呃，不對，這是什麼沒禮貌的問法？

其瑟的表情毫無變化，而艾薇絞盡腦汁，試圖挽救道：「我、我的意思是，育幼院的大家幾乎都沒有——」

「我知道。」其瑟打斷了她，看起來沒有不高興。「我有爸媽，只是暫時住在這裡。」

「喔……這樣啊。」她突然不知道該回應什麼。

父母什麼的，對她來說太遙遠了。她不打算尋找自己的親生爸媽，因為現在的她過得很好。

只是，她和狄爾離其瑟好像又稍微遠了一點。而且……這代表其瑟有一天會離開嗎？

其瑟沒辦法透過讀心知道她的心思，也看不出來她在想什麼。他只是默默地把目光移向她的金色長髮，說出了一個連自己都意想不到的提議。

「快走吧，頭髮……我幫妳捧著。」

「嗯？」艾薇眨了眨眼，正在懷疑自己的耳朵。

發現她一臉狐疑，其瑟輕咳幾聲，別開雙目。「妳只顧著抓頭髮，等等走一走又跌倒。要是再不回去，說不定會被抓。」

聽風紀說「說不定會被抓」，還真微妙。

不過也對，他說得好有道理。

於是，艾薇放開了自己的長髮，視若珍寶地將它交到其瑟的手中。兩人就這樣一前一後地走，她在前方跳格子，他在背後替她挽著頭髮。

就像金色頭紗一樣。

「……妳到底什麼時候要剪頭髮？」

「不剪！才不剪！」

「長髮妖魔。」

「我才不是……哈啾！」

伴隨著女孩的噴嚏聲，男孩的輕淺笑意也在靜謐的夜色中渲染開來。兩人踏著月光，有一搭沒一搭地細語，小心翼翼地跨過了庭園，把祕密留在這個夜晚——

不過，其瑟從沒想過他會記住這件事那麼多年。

直到現在，那個夜晚彷彿仍在他的胸腔裡鼓動，不斷在他的心上滋養著另一個祕密。

一直以來，其瑟總是最神秘的那一個。但，他外冷內熱的心也始終如一。

——艾薇

章四

十分鐘的祕密

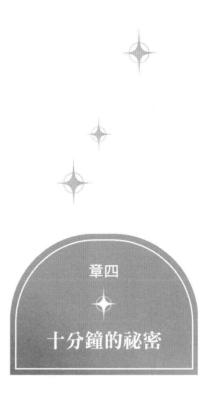

「對，其瑟上次帶我去吃的提拉米蘇也很好吃！雖然我們找了一小時才找到路……好啊，等妳回來，我們再一起去。」

艾薇對電話那端的女聲說了再見，過了兩秒，才依依不捨地放下手機。

其瑟坐在她對面，看著她緬懷的眼神。明明不像是個會寂寞的人，偶爾卻會露出那種表情。

「芬恩什麼時候回來？」

艾薇把手機放回毛絨地毯上，「不知道耶，看她爸媽有沒有空吧。」

小學畢業的那年，芬恩被一個不錯的家庭收養了。艾薇雖然捨不得，但也真心祝福她。

現在芬恩偶爾會回來看看大家。可畢竟她已經脫離育幼院那麼久了，她和艾薇之間的連繫只會越來越少。

其實其瑟並不關心芬恩什麼時候回來，他只在意艾薇的心情。

「嗯，撐過高中，說不定妳們會上同一間大學。」其瑟重新拿起筆，敲了敲她面前的作業本。

今天的自習教室另有他用，艾薇只能跑到其瑟的房間裡讀書。狄爾一大早就出門了，據說正在準備年中的班際籃球賽。

即將被退學的同伴掌握了讀書訣竅，只有她還在為數學煩惱。

「你真厲害，不管什麼話題都能拉回讀書上。」

「我知道妳不是真的在稱讚我。」

艾薇被他逗笑，「那你呢？你要讀什麼大學？」

現在他們才剛要升二年級，艾薇卻忽然問了他這個問題。在此時提起，未免有種離別的預感。

他安靜了幾秒，才說：「還沒想好。」

「我也是，我只知道我可能會一直待在這裡。」她拿筆蓋戳了戳他的手，「你也會一直住在這裡嗎？還是會回去你家？」

「不知道。」其瑟又開始省話了。可他見她還想探究，便又補了一句：「不可能一輩子都在這裡吧。」

他只是想說清楚一點，沒料到艾薇的表情竟然垮了下來。

她的好奇心一向很重，但這件事的後續，她卻沒有繼續探究。

後來其瑟又教了她幾題，可艾薇好像有點沮喪，學得不是很順利。最終，她背靠著其瑟的床，無奈地仰躺在床尾上。

「唉，如果我的超能力是讀心就好了。」

其瑟暫時把課本闔上，淡淡地瞥她一眼。「為什麼？」

「因為很方便！做什麼都會很順利，也不用認真讀書，只要討好大人就好了。這樣的話，以後工作也會很好找吧？」

或許是因為一直碰壁，艾薇止不住脫口而出的心情，一股腦地把話全都說出來。她還是第一次覺得「鍾情」沒用，畢竟她根本不知道別人在想什麼。

要是她會讀心，說不定連考卷出什麼都能讀出來！

「……」
「唉，就算老師很喜歡我，也不會給我滿分吧？」
她閉上眼，整個人懶洋洋的。被羨慕的少年安靜地望著她，直到發現她不再出聲。
「妳覺得像我這樣很好嗎？」
少年的音量不大，卻趕走了她的睏意。她從迷霧般的思緒走出，慢半拍地察覺到他的不對勁。
她立刻坐起身，匆忙望向其瑟。
「抱歉，我的意思不是你做什麼都很順利，我只是有點自暴自棄……」
其瑟搖了搖頭。說實話，他不覺得艾薇有什麼錯。
就是因為他不能讀艾薇的心，他才始終覺得自己跟她非常遙遠。她喜歡什麼，她在想什麼，他都要花很多心思去揣測。
「不用道歉，妳說的是事實。」
他目前為止的人生，確實沒有什麼不順利。
要是他沒被父母發現超能力，那會再更順利一點。
其瑟連自己的表情變了都沒發現，就那樣黯淡地望著艾薇，「要是我能讀妳的心，也不用花那麼多時間猜妳在想什麼。對不能讀心的人來說，就是這種感覺吧。」
他的語氣比平時更冷，艾薇一時不知道該回什麼。
她覺得自己說錯話了。

「那個，其瑟……」

「靠！外面下什麼雨啊，害我褲子都溼了。」

暴躁而直爽的嗓音忽然從門外砸進來，打斷了艾薇。

狄爾粗魯地推開房門，一見到艾薇就揚起笑容，「金毛小鳥，妳還在讀書喔？別讀了，跟我去食堂喝點熱——」

講到一半，他就察覺到房間裡的詭異氣氛。靠，他這該死的敏感直覺。

要走嗎？還是不走？

「狄爾，你回來了？」艾薇很意外。

「喔……對，外面下大雨，冷得要死，球也不用打了。」狄爾快速掃過兩人的表情。

小鳥很鳥，冰塊很冰。

靠，什麼情況？

「有點冷，我去洗澡。」沒想到，是冰塊先說話了。

艾薇罕見地沒聒噪，看其瑟拿了毛巾和衣服，再一路看他走到門口。出去前，其瑟回頭看她，平靜的樣子像是無事發生：「妳休息一下，明天繼續。」

「好……」

尾音未至，房門就關上了。狄爾看了一下灰頭土臉的金毛小鳥，有了麻煩的預感。

「喂，妳跟他——」

他本來想問清楚，但艾薇對他抿起嘴角，怎麼看都是個不真實的笑容。假笑的金毛小鳥看起來很不討喜，打消了他探問的念頭。

算了，他們鬧不愉快，對狄爾來說正中下懷。

「笨小鳥，陪我去食堂。」

「啊？但是我不餓。」

「我餓，不是妳。」他捏了一把她Q彈的臉，「陪我一下會死嗎？反正妳心情也不好。今天食堂有馬卡龍，不會虧待妳。」

他是不想問她沒錯，但不代表不能關心一下她的壞心情。

艾薇被戳中心事，如同石子落入水中，似水的瞳孔濺起了漣漪。她沒哭，但眼裡有一片窒息的汪洋，像浪潮一樣地捲走他的心。

「……」狄爾無言地看了她幾秒。

完蛋了，超可愛。

一如以往，她又夢見了那個金髮的女人。

艾薇在夢中看不清那是什麼地方，但女人跪在如茵的草地上，頭微微低著。她只看得見她的纖瘦背影，以及那頭在陽光下閃爍的柔軟金髮。

從艾薇有記憶以來，偶爾會在夢中見到那個金髮女人。一開始只是個遙遠的黑點，隨著年紀增長，她不僅逐漸能看清她的性別、髮色，也發現她總是跪在綠色的草地上。

不過，她從沒見過女人的正臉。

她覺得，那或許是她素未謀面的母親；又或者，那只是她潛意識裡的一個未來。

畢竟她從來沒想過要剪短這頭金髮。她想，那或許會是她長大後的樣子吧。

從夢裡驚醒後，艾薇發現自己頭下腳上，根本沒在尊重壓在腳下的那顆枕頭。她抓抓散亂的頭髮，跑到窗邊，悄悄拉起窗簾的一角。

月色正濃，她想起了和其瑟在庭院談心的那個夜晚，也想起了和他之間的種種回憶——

以前，艾薇是認真跟狄爾有過幾次矛盾。畢竟他講話常常不經大腦，嘴硬又傲嬌，儘管說者無心，有時候還是會不小心氣到好脾氣的艾薇。

其瑟就和他相反了，人帥話不多，也常壓抑情緒，讓人摸不清他的心情。雖然毒舌了點，但也不曾和艾薇針鋒相對。

因此，一旦和其瑟有了心結，艾薇反而覺得更難解。

其瑟說那句話的意思是什麼？只是想強調「讀心」對她無效有多不方便嗎？

她知道自己和其瑟的腦內構造實在差距太大了。要是他對她感到厭煩，那也不奇怪。

不過，艾薇終究沒能搞清楚其瑟的想法。一直到寒假結束，三人一起升上了二年級，艾薇都還在糾結其瑟說過的話。

但她也不敢問清楚。他們的情誼那麼長，如果哪天被他討厭了，那還真是晴天霹靂。

「其瑟，這題怎麼寫？」

隔天，艾薇依舊在為她的可憐成績奮鬥。

這學期換過座位，艾薇剛好坐在其瑟的前方。他們常常利用放學時間讀書，有時狄爾也會在，但模樣看起來輕鬆多了。

「我寫過程給妳看。」其瑟伸手拿過艾薇的考卷，白皙分明的指節輕輕握著筆，在滿江紅的紙上落下少許墨色。

她似懂非懂地點頭，淹沒在不友善的數字海。

「這題這麼簡單，妳怎麼不會？」

今天狄爾是值日生，索性留在學校和他們一起看書。考了八十三分的他早早就把這份考卷複習完了，閒著沒事，又來騷擾兩人。

「哪有簡單？很多人都錯這題耶！」

課堂上也有人問過老師這一題，但那時艾薇聽得一頭霧水，只好在放學的時候找其瑟求救。

「其他人是掉進陷阱題，妳是連公式都還沒背好。來，我教妳一個口訣，用『色即是空』來背V＝IR……」

狄爾自顧自地拿走艾薇手中的筆，在考卷的空白處教了她一個好記的口訣。不過，背後的意義竟然是色情片。

「A片？狄爾……你該不會晚上都在看那種怪東西吧？」事關色色，艾薇多少還是有點鄙視的。

狄爾本來還在笑，聽見這話，馬上敲了一下她的頭，「靠，這哪算怪東西？我也是健康的男人好嗎？不信你問其瑟那傢伙，看他這種草食男有沒有看過？」

「我才不相信其瑟會看。你們明明是室友，最好是不知道。」艾薇將信任的目光投向其瑟。

其瑟沉默了幾秒，移開視線。

不會吧？不會也看過吧？艾薇慢慢張大嘴，像隻樹懶。

其瑟不希望她對自己有什麼誤會。

「我會看，還有……」其瑟冷冷地瞪了一下狄爾，「我不是草食男。」

因此，捍衛男性尊嚴是必須的。

接下來的五分鐘，艾薇都活在世界觀崩塌的漩渦裡。狄爾笑到不行，瘋狂嘲笑艾薇是不是對其瑟有什麼美好的想像。

「艾薇，其實我……」真的沒有那麼乖。

但其瑟看她還在崩潰，便不好意思說出後半句了。

「會不會只是我誤會了A片？說不定，那也有值得研究的地方。」

沒想到，對其瑟的品味過度信任的她，竟開始煞有其事地分析。她嚴肅地皺眉，甚至掏出手機查關鍵字。

「等等，這要去哪裡查啊……」

兩人狐疑地望著她。

「喂，你們都在看什麼片？傳給我！我要研究看看！」她把手機塞到兩人眼前。

狄爾愣了一下，帥臉瞬間刷紅。他伸手捏艾薇的耳朵，氣急敗壞地說：「看什麼？不准看！」

「哇啊！痛、痛死我了！」

「……」

其瑟面無表情地旁觀著獅鳥大戰爭。

一直以來都是這樣，不管他和艾薇在做什麼，狄爾總是能毫無阻礙地介入，輕鬆地和艾薇打成一片。這或許歸功於狄爾的爽朗性格，也讓性子冷淡的其瑟莫名羨慕。

那兩人相處起來毫無距離。不像自己，竟然還被艾薇誤會是聖人一個。

「……我去一下廁所。」其瑟從座位上起身。

狄爾放開艾薇的耳朵，神情微妙地問：「真的假的，這時候去廁所？」

其瑟轉頭，一陣陰風吹過，冷到刺骨。艾薇似懂非懂地看他走出教室，才又望向狄爾。

「他那是什麼眼神？一副我很低級的樣子。」狄爾嘖了一聲。

「你的確是……」

「哼，妳明明什麼都聽不懂，不要趁機罵我。」他伸手彈艾薇的額頭。

沒多久，他看她懶洋洋地趴著，覺得她大概也累了，便說：「要不回去吧？只有數理不及格也不會怎樣。」

「唉，你跟其瑟一樣，已經認定我會不及格了。」

「哪有？我只是給個建議。」狄爾聳聳肩。「其瑟那傢伙倒是有可能，畢竟他很現實。喔，我可沒在罵他。」

「那你可以說『務實』。」

「真囉嗦。」狄爾笑了一下，往其瑟的座位上坐。他輕戳她的臉，問道：「妳幹嘛？無精打采的，唸書唸累了？」

艾薇搖頭，抬眼望著他。那眼神，又讓他想起那天的汪洋。

「沒有啦，我只是在想……其瑟該不會其實很受不了我吧？」

「妳終於有自知之明了？」

「狄爾！」

「好啦、好啦，開玩笑而已。妳幹嘛那樣想？其瑟幹了什麼好事？」上次他沒問，但是她都這樣說了，他只好關心一下。

「他沒做什麼啦！我只是覺得，其瑟教我教這麼久，我還沒什麼長進，他會不會已經不耐煩了？」

——要是我能讀妳的心，也不用花那麼多時間猜妳在想什麼。

艾薇想起上次的事，但這種抽象的問題她又解釋不來。

「反正，對其瑟來說我應該是個大麻煩吧？他好像覺得我很難懂。」

「那是因為他沒辦法讀妳的心吧，不要過度解讀。」

「我知道，但我也麻煩過他不少事，我在想，說不定他有時候也不太喜歡待在我旁邊……」

或許，這正是他不想一輩子待在育幼院的原因？

她明明知道其瑟不是那麼無情的人，但還是無法阻止自己那麼想。

「什麼？」狄爾露出莫名其妙的表情。「妳在胡思亂想什麼？他怎麼可能不喜歡妳？」

「啊？」艾薇愣了愣。

「啊？」狄爾也愣。

炸彈來得太快，沒人來得及閃。兩人的時間凝滯在火紅的蘑菇雲裡，炙熱又難熬。

不是吧，再怎麼樣……也不該由他來說。

狄爾尷尬地咳了兩聲，見艾薇的眼神微妙，只好豁出全力轉移話題。

「我、我的意思是，妳想太多了！他只是笨，不懂妳在想什麼，不代表他不想懂！這種噁心的話也要我說出來嗎？」

「呃，你幹嘛那麼激動……」

「因為妳很呆，猜了最不可能的答案！還有，要說耐心的話，那塊冰肯定有一大堆。」

總之，他一點也不想開導他們。

但看在其瑟也幫過他的份上，他就說到這裡了。

狄爾煩躁地從位子上起身，拎起書包，恰好看見其瑟走進來。其瑟與他對視一眼，沒多說什麼。

——他怎麼可能不喜歡妳？

祕密從來就不是祕密，尤其是在兩個少年之間。

何止是三角習題，他連她的煩惱都還無法可解。

野蠻人：包廂訂好了，放學直接搭公車去。

長髮妖魔：好耶，那家咖啡店我想去很久了！

野蠻人：那麼興奮幹嘛？咖啡廳不都一樣。

野蠻人：別忘了妳是去讀書的，明天定生死。

長髮妖魔：你不懂啦！那是其瑟的口袋名單之一耶，是甜點名店。

長髮妖魔：我覺得我要吃十個蛋糕才考得過。

野蠻人：歪理。

明明是上課時間，手機裡的群組訊息卻熱鬧得很。其瑟看著前方的少女一直低頭回訊息，想也知道只有狄爾才會那麼吵。

數學老師又在寫黑板了，他思考兩秒，才把放在抽屜的手機拿出來看。其瑟的指尖在螢幕上來回游移，正要發送出去，坐他右邊的黑髮少女竟在此時遞了張紙條給他。他轉頭看了少女一眼，對方卻不敢看他。

不久後，其瑟刪去待發送的文字，重新輸入訊息。

其瑟：放學你們先去，我晚點到。

野蠻人：啊？你有什麼破事要忙？

其瑟：反正不會是見你。

野蠻人：靠北喔。

長髮妖魔：其瑟，要不要先幫你點餐？

其瑟：沒關係，妳點妳的。

其瑟本來想補一句「我很快就到」，但看他們又在群組吵鬧起來，便慢慢地垂下指尖。他早就習慣身邊的人都離他很遠，即使他最後不去了，說不定狄爾也會負責教她。

不過，那種念頭也只一閃而逝。

他還是想見她，一次都不想錯過。

知名咖啡廳內，一對男女相對而坐，隱密的包廂讓他們聽不見外來的聲音，不知道缺席的少年究竟來了沒。

金髮少女安靜地挖著手邊的胡蘿蔔蛋糕，才剛塞進一口，就見到橘髮少年嫌棄的眼神。

「蘿蔔？這種鬼東西妳也吃得下去。」

「是胡蘿蔔蛋糕啦。」艾薇挖了一口給他，「你要吃看看嗎？很好吃喔。」

狄爾本來就不愛吃甜食，詭異的食材更是讓他卻步。

「不了，總覺得我明天會衰。」

艾薇弱弱地瞪他一眼，「你這樣講，意思是我明天死定了嗎？」

「哪有？」狄爾笑了笑，語氣戲謔，「不用擔心，沒那麼嚴重，頂多數學死定了而已。」

「狄爾……」

「好好好，別一直叫我，耳朵都長繭了。」他故意掏了掏耳朵。
艾薇觀察他的表情，說是別叫，但他好像也沒有不喜歡。
她無奈地喝了口紅茶，看看手機上的時間，幽幽地問：「其瑟該不會不來了吧？」
他們已經讀了五十分鐘，他人還沒出現。雖然，她大部分的時間都在吃蛋糕。
「誰管他，愛來不來，說不定迷路了？」狄爾審視她不安的臉，不耐煩地說：「大不了本大爺教妳數學。」
「……」
「妳那是什麼臉？看不起我嗎？」
「才不是。」艾薇推開他伸過來的手，「如果其瑟不來，事情就嚴重了。」
「為什麼？」
「就代表他覺得我很煩！」
「……」
狄爾忽然有點懷念以前的她。那時候她目中無人，又臭屁得很，完全不認為有人會覺得她很煩。
因為根本沒人那樣想！
「妳是不是超能力用太多，把『被討厭』看得太重了？」雖然怕她會崩潰，但狄爾還是忍不住吐槽她。
艾薇沒有回話，到底有沒有聽進去也不確定。狄爾嘆了口氣，想勉強安慰她一下，一道清冷的嗓音在此時隨著拉門的聲響一同淡入。

「抱歉，來晚了。」

其瑟的聲音很低，低到他們都差點聽不見。

那傢伙本來就很冷，但最近簡直是冰河期的程度。狄爾瞥他一眼，沒說話。

「其瑟！菜單在這裡。」艾薇在臉上扯出一抹笑，聲音異常高亢。

「……妳拿反了。」

「啊？」

即使如此，其瑟還是默默地接下菜單。把菜單拿在手上後，其瑟掃視兩人的座位，不動聲色地坐在艾薇身邊。狄爾依舊托著下巴，凝視彼此之間有點彆扭的「青梅」和「竹馬」。

怎麼做？他該怎麼做？

一直看著金毛小鳥的衰臉，他其實也很不開心。於是，在服務生點完餐離開後，他拍了一下桌面，把艾薇嚇得嗆到一口紅茶。

「喂，我要去上廁所！」

「你去啊，那麼大力幹嘛？」艾薇摸了摸手臂上的疙瘩，不明所以。

「我也不想知道那麼詳細。」其瑟頭也不抬地說。

「靠！少囉嗦！」狄爾極度暴躁，「再說一次，我現在要去上廁所。十分鐘！就十分鐘，聽到了沒？」

「十分鐘？」

「……」

狄爾望著問號小鳥和啞巴冰塊，用一副慷慨的樣子攤開雙手。

「對，等我回來，這裡的氣氛最好給我變好一點，不然你們信不信會越讀越衰，明天直接死當。我說妳啊，金毛小鳥。」

艾薇被點名，整個人愣了一下。見她一臉呆樣，狄爾忍不住揉了揉她的頭，滿意之後，才風風火火地離開包廂。

不久，服務生把其瑟的茶送來了，還用微妙的眼神看了一下她的亂髮。

「那個，其瑟……」艾薇一邊整理被揉亂的頭，一邊問：「什麼叫氣氛變好一點？」

看艾薇一臉狼狽，其瑟不禁勾起嘴角。但在被她捕獲笑意前，他又將笑容收回。

「不知道，但看來他是認真要消失十分鐘。」

「喔……」

艾薇大概知道狄爾的用意，但問題是她和其瑟沒有吵架，要怎麼突然讓氣氛變好？

實在不知道該聊什麼，她只好隨口問：「你剛才去哪裡了？幫老師拿考卷嗎？」

學霸其瑟雖然不當風紀了，但被任命為數學小老師，有時候會去辦公室幫忙做事。明天期中考，他說不定是被老師召喚了。

「不，有個同學找我。」

說完，他暗自思考了下。

找不到咖啡廳，迷路了二十分鐘的事，應該不用特別說吧？

「咦？誰呀？」

「艾瑪。」其瑟喝了一口飲料，淡淡地說：「她說有事要告訴我。」

艾瑪？不就是坐在其瑟旁邊的黑長髮女生嗎？艾薇記得她還挺漂亮的。

那樣的女生找其瑟有什麼事？

艾薇還在喝她的紅茶，直到其瑟神色如常地說出謎底——

「艾瑪跟我告白了。」

「噗！咳咳！」艾薇又嗆到一口茶。

「還好吧？」其瑟本來想拍她的肩膀，卻又收回手。「……有那麼驚訝？」

「因、因為很少聽你說這些……」據她所知，狄爾比較常被女生告白。不是其瑟不受歡迎，只是他冷到會把人凍傷，根本沒幾個女人敢跟他告白。

「妳如果有問，我就會說。」

「喔……」看來不只一次啊。

艾薇擦了一下嘴唇，好奇地望向他的眼睛。灰藍的眸子看不出情緒，彷彿那一次的告白只是雲淡風輕。可她還是想知道，那女生在他寡淡的心上留下了怎樣的痕跡。

「那你怎麼回答呀？」

其瑟輕笑，「我還以為妳不會問。」

「為什麼？」

「我以為妳不好奇。」

艾薇愣住，揮了揮手反駁：「怎麼可能！我超好奇的。」

「……為什麼好奇？」

因為他和自己從小一起長大？因為想知道哪種女生會吸引他？還是……

艾薇撥開耳際的散髮，不自覺又吸了一口飲料。她望著吸管上淡淡的唇膏印記，一時之間也不知道要回答什麼。

對她來說，「鍾情」是一種可怕的習慣。

在這個世界上，她習慣所有人都喜歡自己。因此，她也對「真正的戀愛」特別遲鈍。那是什麼感覺，恐怕她到現在都不是很清楚。

「我跟艾瑪說，我有喜歡的人了。」

少年並未等到她的答案，但他主動滿足了她的好奇心。

艾薇愣了一下，下意識覺得他是隨口編的。但他的目光澄澈如月，似乎沒有半點謊言。

那怎麼會是謊言？

「真的嗎？」

她探問他的瞬間，時光停滯，多年的歲月彷彿凝成了雪。他動也不動地凝視她，久到像是經歷了一次冰河期，久到像她第一次觸及了他的某個祕密。

「唔……當我沒問好了。」她避開他的眼神。

「不知道。」

但他還是回答了。他想了很久，給出如此謹慎的答案。

「是喔。」

這不像聒噪的她。或許是她的臉太尷尬，其瑟被逗得發笑：「妳的表情也很難懂。」

「也？」

「嗯，說話很難懂，表情也是。不過，因為妳表情很豐富，聽妳說話不無聊。」

「真的？我以為你會嫌我很吵！」艾薇欣慰地說。

「……我沒說妳不吵。」

「……」

「妳也太絕望了。」其瑟又笑了。

看見他的笑容連發，艾薇有點新奇地眨了眨眼。其瑟一時沒注意到她的表情，似乎又陷入了沉思。

再這樣下去，十分鐘都要過了。

艾薇的腦中才剛出現這念頭，其瑟便淡淡地提議：「不然妳叫他回來？」

「他不是說要消失十分鐘？」

「我看妳有點尷尬，叫他回來就不會了。」

其瑟說這話時沒看她，灰白的視線落在面前的那杯飲料上，像是在思考，又像什麼都沒想。

平時的他冷如堅冰，似乎沒有弱點，優雅的舉止中透露著隱約的自信。但他現在目光迴避，甚至主動提起更加耀眼的另一人，彷彿他選擇了轉身，隱沒在透明的雪中。

艾薇望著其瑟，想著他的事，過往如碎片般一點一點落進腦海——

他說過，家人都害怕被他讀心，因此不自覺地跟他保持距離。還有，明明知道自己的超能力對她無效，他還是不斷嘗試，想知道她在想什麼。

或許，「讀心」是如此長大的他唯一能了解別人的方法。

其瑟不能讀她的心，所以，他說不定誤會了她。

「喂！和你相處才不會尷尬！」

「……是嗎？」

「我只是不太擅長戀愛話題，才會有點卡卡的。」艾薇伸手在他眼前揮了揮，試圖讓他理解自己剛才的反應。

「但最近……」其瑟猶豫了一下，「總覺得妳一直在想某件事，態度也不是很自然。」

「那是我要說的話！」

此話一出，兩人都愣了愣。異色的目光碰撞在一起，引發了突如其來的笑意。

「……咳，所以妳也覺得我不自然？」

其瑟輕笑幾聲，透過咳嗽減緩了笑意。

艾薇卻壓不下嘴角，有趣地望著他笑。雖然多少有點難為情，但總算是有了心靈相通的預感。

「嗯，感覺你的話又更少了，回訊息的頻率也很低，好像……有點受不了我？」

她的話帶了點試探，但他倒是有點驚訝。

「受不了妳？喔，如果意思是妳很吵的話，那也沒錯……」

「喂！其瑟，你好過分！」

其瑟微愣，想起了總是和她打鬧的狄爾。原來，她和自己的相處氛圍也能那麼輕鬆。

他微微揚起嘴角，「但我剛才說過了，聽妳吵是不無聊。」

「喔……那你不會覺得我常常亂講話嗎？」艾薇有點不好意思地抓抓髮尾。

「會，但那離『受不了』還有一大段距離。」

「什麼嘛，真不知道要高興還是難過！」

「妳從小就是那樣，現在才想到要煩惱未免也太晚了。」

「其瑟！你的嘴真的好毒！」

看她張牙舞爪，其瑟無聲地笑了，「那妳呢？」

「嗯？」她的爪子停在半空中。

「妳說我的嘴很毒，那妳討厭嗎？」

其瑟的語氣依舊平淡，聽在她耳裡卻有一絲不安。那或許是他第一次探問別人的喜好，尤其對象還是她，一個總讓他猜不透的奇怪女生。

「當然不討厭，你不讀心也知道吧！」

其瑟別開目光，「就是不知道才問的。」

「你也誤會我太深了！唔，那句話是這樣說的嗎……對了，『妄自菲薄』！」

他沒料到她會的詞還挺多的。但她激動的樣子，讓他的心忽然有了一絲踏實感。

「其瑟，我怎麼可能討厭你？我跟你說，雖然狄爾嘴上不承認，但他也不討厭你！你不要想太多，不要覺得自己不重要。」

他不懂艾薇為什麼老是那麼激動，說話的時候像在跳舞，讓人眼花繚亂。

不過，他喜歡她的元氣，也喜歡她那麼認真地開導像木頭一樣不知變通的他。

但有些話，她應該送給自己。

「……那是我要說的話。」他套用她說過的話，面容刷上夕色般的微醺。

「嗯？」她一時反應不過來。

「我沒有受不了妳，也沒覺得妳麻煩。我只是還不懂妳，但說不定以後會懂。」

——你可以讀貓咪的心嗎？

——說不定以後可以讀懂吧。

其瑟的回答，讓她想起那年在月光下的初次談心。原來，他也把她當成了小白貓，換言之，就是重要的存在。

驚喜的笑容在艾薇的臉上緩緩浮現，看她這樣，其瑟不自覺地伸手擋住半張臉，不想讓她看清楚自己的表情。

「咳……只是『說不定』而已，畢竟妳很怪。」

「哪裡怪？這叫神祕好不好。」說到這裡，她有點得意地戳了戳其瑟的肩膀，「欸，你偷聽我跟狄爾講話了吧，不然怎麼知道我說自己很麻煩？」

其瑟煩躁地放下手，露出一張有點難為情的臉，「……妳講那麼大聲，整條走廊都聽到了，哪能叫偷聽。」

「知道了、知道了，你以後就直接問我嘛，不用那麼麻煩，還偷聽。」

她根本沒在聽。

艾薇心情正好，又湊近吸管喝了一口飲料。不管怎樣，心結算是解決了。她也又一次體悟到，他們三人引以為傲的超能力有時候並不能解決所有事，還會帶來副作用。

該怎麼使用它，是未來需要好好思考的事。

「……」其瑟望著含住吸管的艾薇，見她陷入沉思，意識到她還是沒有注意到那件事。

他想起她剛才的得意表情，刻在骨子裡的某種本能緩緩地湧上心間。說實話，他一點都不乖巧，和狄爾說過的「草食男」更是八竿子打不著。

他低調，不代表他無趣；他隱忍，不代表他無感。

其瑟深沉地瞅著金髮少女，嘴角輕揚。

「艾薇，妳沒發現飲料變甜了？」

聽著，她愣了一下，「變甜？唔，好像還好，但冰塊怎麼這麼多……咦？這、這杯是你的？」

其瑟加深笑容，看她手忙腳亂地檢查吸管。

的確，他們兩個都點了紅茶，但甜度和冰塊數量都不同。或許是艾薇剛才心猿意馬，竟然連續喝錯了兩次。要是他沒說，她不知道什麼時候才會發現。

「啊……抱歉，口紅沾到你的吸管了！」

艾薇有點尷尬地抽來一張衛生紙，正想把唇膏的印記擦去，其瑟卻伸手拿走玻璃杯，放回他面前。

「沒關係。」他說。

「但是……」

忽然，其瑟的唇湊向吸管，神色如常地喝了一口。他的薄唇正好落在她的口紅印記上，在他優雅品茗的同時，頸部的喉結緩緩地上下起伏著。

明明該是冷然脫俗的一幅畫，跳動的喉結卻將少年的聲息帶回凡間，輕易地蠱惑著人心。

她的心跳得比平常快，卻不願深思。

艾薇傻傻看著，直到對上他幽沉靜謐的目光，才從那片深海中驚醒。

或許，其瑟也有很多她不知道的一面。

「妳剛才說，以後有事可以直接問妳。」他的唇離開吸管，接著用它輕輕攪拌那杯紅茶。

「嗯……對。」

冰塊碰撞的聲音聽來清脆，稍微舒緩了不自在的氣氛。

「正好，我也想多了解妳。」少年的嗓音依舊淡薄，傾瀉而出的情感卻比以往深重。

艾薇靜靜望著他，說不清是什麼預感，但他似乎有哪裡不一樣了。

她沒有家人。

對她來說，狄爾和其瑟都是很重要的人，這永遠都不會變。

包廂外，橘髮少年不耐煩地背靠著門，口中唸唸有詞。

「……十分鐘了，話怎麼那麼多？」

更扯的是，他幹嘛為他們助攻？

狄爾就那樣在門外又待了五分鐘。他想，這是他所剩不多的耐性，千年一遇，他們最好好好珍惜。

包廂內傳來隱約的笑聲，少女興高采烈的嗓音輕巧地溜進他耳裡，少年亦如是。

狄爾閉上眼睛，任憑風鈴般的稀疏笑鬧聲在腦中碰撞、迴盪。聽著聽著，就譜出了他不敢妄為的青春。

「哼。」

但，偶爾當一回好人，感覺也沒那麼糟嘛。

本能？大概，是欺負人。

——其瑟

章五

星光同行

在艾薇十七年的人生中，這恐怕是她第一次這麼緊張。

「唔……看不到。」

教室的黑板前面熙熙攘攘，幾乎全班的人都擠在那裡看成績。艾薇個子嬌小，踮起腳尖想看自己的期中考分數，卻仍舊被一堆高個子淹沒，連貼在黑板上的紙都看不到。

正當她打算從縫隙鑽到前面時，狄爾按住了她的肩。

「金毛小鳥，太矮了看不到嗎？」

艾薇轉頭，人高馬大的狄爾彎腰看著她，神色戲謔。

「擠了那麼多人，當然看不到。」她皺眉。

「喔，我倒是可以幫妳。」

怎麼幫？艾薇還在思考，狄爾的雙手就冷不防地探向她的腰，輕輕鬆鬆地將她整個人舉起來。

她傻眼兩秒，發現貼在黑板上的成績單近在眼前。

怎、怎樣？他是在拎動物嗎！

「快點看，手很痠。」把她舉高的某人涼涼地說。

一百八十幾公分的視野她確實很不習慣，但不管怎樣，還是先看到成績比較重要。她瞇著眼看，沒多久便找到自己的座號和名字。

「語文九十分，歷史八十……數、數學六十八？」本能般地把數字唸完，艾薇才反應過來。「哇喔！我數學及格了！」

聽見她喜出望外的叫喊聲，狄爾嘴角輕揚，慢慢地將她的身體放下來。才剛落地，艾薇就興奮地抓著他的衣角說：「我數學及格了耶，六十八分！你呢？」

「我等一下再看就好，這次考卷那麼簡單，我哪可能不及格。」狄爾的手還放在她的腰上，見她手舞足蹈，他的嘴角又上揚了幾分。

他正得意著，卻忽然感覺到一陣陰風吹過。他愣一下，往右後方看，其瑟就站在那裡冷冷瞪著他。王八蛋！比鬼還可怕！

「啊，理化成績好像在另一邊。」艾薇沒發現兩個男人的異狀，急著去黑板的右半邊看理化成績。眼前又擠了一堆人，幸好，有隻手忽然將她的手腕撈起。

「看不到嗎？」其瑟淡淡地問。

「對，前面的人太高了……唔？」艾薇的話都還沒說完，其瑟便圈住她的手腕往前走。

「不好意思，借過一下。」

其瑟的聲音很輕，存在感卻很驚人。周遭的人紛紛望向他，他狀似不經意地用另一隻手撥了撥耳際的散髮，薄唇微張，再輕輕抬起盛滿雪色羽睫的憂鬱雙瞳。

好偉大的一張臉。

「給、給你過！」

「你先看！」

「太帥了……」

這一刻，不論是主動讓出一條路給他過的人，還是看臉看到忘了呼吸的人，都同時出現在地球上。

不知不覺中，其瑟已抓著她來到搖滾區第一排。

「看吧，妳的成績。」他平靜地努了努下巴。

「喔、喔……」那張臉還真好用。

艾薇暫時忽略他的臉，認真地在成績單上找她的理化分數。

一百分、一百分……不對！那是其瑟！

她又看了幾秒，才找到自己的名字。

「經濟七十，地理七十五，理化……咦？六十二！」她興高采烈地轉向其瑟，激動大笑，「哈哈！其瑟，我理化也及格了，不會被退學了耶！」

「嗯。」其瑟沒多說什麼，但笑著捏了捏她的手腕，再輕輕放開。

「嗚嗚……真的好感動。」

誰能想到，她一年級的全科平均分數只有六十一分？進步了這麼多，艾薇簡直快要哭出來了。

她擠出那坨沙丁魚，開心地步下講臺，卻見到狄爾雙手抱胸，一臉不爽地站在第一排的桌子旁邊，直直瞪著其瑟。

那兩人一天到晚吵架，怎麼吵都吵不膩。

艾薇難得不想管他們，蹦蹦跳跳地回到座位上。獨留一座冰山和一座火山佇立講臺前，火光四射地互瞪。

回到育幼院後，院長再次把三人叫到辦公室。和藹的老太太一邊檢查艾薇的成績一邊高興地點頭。

「艾薇，沒想到妳進步這麼多！」看完，她又拿起狄爾的成績單，「狄爾也是，雖然你本來就很聰明，但這次很認真讀書吧？真棒、真棒，要好好保持下去喔，不然高三還是會有退學危機。」

不過這她倒是不怎麼擔心，等到高三，即使是艾薇也一定會有好好讀書的自覺。畢竟不考好的話，可就沒大學讀了。

艾薇和狄爾相視一笑，前者繼續吃零食，後者心滿意足地靠在沙發上。

「然後，其瑟……」院長溫柔地笑了笑，望向一言不發的銀髮少年。「會叫你一起過來，是因為你幫了艾薇很多忙吧？院長也想好好謝謝你。」

其瑟冷靜地搖搖頭，「沒事，我也沒做什麼。」

「哪有！其瑟教我教得很辛苦，多虧他，我這次才能及格。」

聽見艾薇這麼說，其瑟幾不可見地揚起嘴角。

狄爾無趣地瞥了他一眼，懶洋洋地翹起二郎腿。

「……哼，我就知道他沒那麼謙虛。」

「你要不要說大聲一點？」其瑟冷笑看他。

「別吵了你們。」艾薇趁院長低頭檢查成績單的時候，各自拉了兩人的衣角一下。

「好了，你們過來一下。」院長忽然出聲。

艾薇嚇了一跳，以為她要訓斥兩人，結果她只是從抽屜裡拿出三個紅色紙袋，笑著遞給他們。

「這是什麼？」她疑惑地問院長。
狄爾接下紅包袋，狐疑地挑眉。其瑟仍舊面無表情，但在看見內容物時稍微愣了一下。
裡面是三張鈔票，熱騰騰的。
「不要客氣，這是院長給你們的小小獎勵，啊……應該說是老闆給的。」她伸手摸了摸艾薇的頭，「獎勵你們考了個好成績，也不用被退學。總之，拿這筆錢去買點想買的東西吧？」
艾薇興奮地睜大雙眼，「真的嗎？這麼多錢……要怎麼花？」
育幼院的孩子每個月都會拿到一點零用錢，但絕對沒有這麼多。艾薇反覆數了鈔票的張數，開心地抓在手裡。
「看妳一副想亂花的樣子，收好。」狄爾無奈地看她。
「謝謝院長。」其瑟對院長點了點頭。
「不用謝我，也不是我的錢。」院長笑著搖頭，「對了，你爸爸下個月初會回來，記得別亂跑。」
「好。」
聊完父親的話題，其瑟望向正在討論錢要怎麼花的聒噪二人組。院長也聽見了，索性問他們打算怎麼花這筆錢。
畢竟，這筆錢對高中生來說不算少。
「當然要先吃一頓豪華大餐！」艾薇第一個舉手。
狄爾皺眉看她，「吃什麼大餐？有夠浪費錢。還不如去吃便宜的吃到飽餐廳，白飯裝多碗一點，反正都會飽。」

「……你不懂。」其瑟忍無可忍地瞪著狄爾。

對美食家來說，便宜的吃到飽餐廳萬萬不行！

「呵呵，吃大餐是個好主意。還有嗎？還想買什麼？」院長有趣地問。

「還要買漂亮衣服！漂亮包包！」點子王艾薇又一次舉手。

其瑟一臉無法理解。「……幹嘛買衣服？反正每天都穿學校制服。」

「靠，你不懂啦！」狄爾忍無可忍地瞪著其瑟。

他早就受夠其瑟那堪稱災難的穿衣品味了！

「好，看來你們已經決定要買什麼了。」院長被逗得笑呵呵。她緩緩起身，讓他們趕緊回房間洗澡休息。

出了辦公室後，艾薇一臉期盼地轉身望著兩個少年。她晃了晃手裡的紅包，興奮地提議：「明天放假，我們去花錢好不好？」

「小聲點，說不定其他人沒拿到紅包！」狄爾按下她的手，示意她把紅包塞進口袋。

「喔。」

「妳想去哪裡？買衣服的話……」其瑟難得扭曲了下面容，「我考慮一下。」

狄爾嫌棄地嗆他，「考慮個屁！你那麼土，是時候買點像樣的衣服了。」

「你這飯桶，我跟艾薇去吃大餐的時候你就不要跟。」其瑟冷冰冰地嗆回去。

好……好毒。艾薇的腦袋一片空白。

「靠！你想吵架嗎！」

「沒想吵，只是看你不——」

「好了、好了，不要吵架！」艾薇奮力地隔開兩人，「這樣吧，明天我們三個一起去市區逛街、買衣服，再找個不錯的餐廳吃飯！怎麼樣？」

狄爾別開臉，「哼，隨便。」

「……都可以。」其瑟也妥協了。

那兩人的臉還是很臭，但至少都同意了。艾薇嘆了口氣，覺得這個「家」真是沒她會散。

三人搭乘往返市區的接駁車，離開了位處郊區小鎮的育幼院。從小到大，他們離開小鎮的次數屈指可數，因此艾薇幾乎是從一大早就開始期待這趟花錢之旅。

她雙手貼著車窗，興致勃勃地觀賞窗外的景色，看接駁車一路從綠意盎然的鄉間小路，行駛到具有濃烈藝術氣息的鐵灰色都市，不禁好奇地睜大了眼。

國中時艾薇來過市區幾次，但都是由老師陪同的校外教學。今天，是她第一次和朋友來這麼遠的地方玩。

「窗戶都快被妳盯穿了。」

玻璃車窗上忽然出現橘色的倒影，艾薇愣了一下，看著倒影中的深紅瞳孔數秒，才不好意思地說：

「就……很新鮮嘛！你不是也很少來嗎？」

狄爾更喜歡外出，以前跟室友來過市區，但日子久了，都有點陌生了。而且，這是他第一次和艾薇一起出遠門。

……雖然還有一塊冰跟著。

「是不常來，但好玩的地方我還有印象。」

話語剛落，玻璃上的影子變得更清晰了。狄爾的左手貼在窗上，就放在她的手旁邊，艾薇本來想回頭，但他輕輕敲了車窗，示意她往遠處看。

「妳看，那東西叫銀白之心，是我們國家最大的摩天輪。」

「喔！我記得，老師有介紹過。」艾薇指著蓋在河邊的白色摩天輪。

「但妳沒坐過吧？」狄爾輕聲笑了笑，近距離傳來的磁性嗓音比平時更低了些，「晚點可以去坐。」

她愣了一下，感覺臉頰有點熱。

後來，她動了幾下鼻子，好奇地尋求來源。

「狄爾，你今天有噴香水？」

橘髮少年的身上傳來淡淡木質香，清新質樸，如同朝陽下的樹林，將她整個人溫柔包圍。雖然他們有不小的身高差，但他微微彎著腰，離她的臉非常近。

她瞥見他脖子上的黑痣，不自覺地屏住呼吸，並未發現他不自在的神色。

狄爾抓了抓頭，目光微赧，「咳，我還以為妳不會發現……」

「連我這裡都聞得到，他大概噴掉了一整瓶吧。」其瑟生硬的嗓音冷冷地打斷微妙的氣氛。

狄爾又被他嚇一跳，連忙收回放在車窗上的手。艾薇匆匆往後看，發現其瑟已經從座位上起身，用一雙來自地獄的眼睛看他們。

幸好，他瞪的人是狄爾。

「關你屁事，你這不打扮的臭宅。」狄爾不爽地坐回艾薇身旁的座位。

「我不需要打扮。」其瑟冰冷回嘴。

明明這句話不帶髒字，但為什麼這麼有殺傷力？

艾薇搞不懂，總之，那兩人又吵起來了。

「……」唉，她也有累的時候啊。

在接下來的二十分鐘裡，她索性兩眼一閉，短暫地當個聾了的瞎子。

下車後，三人先去河堤邊拍了些照片，到處走走停停，再轉入擁擠的商店街邊走邊吃。其瑟查了不少特色小攤位，艾薇一手拿著熱狗，另一手捧著炸魚薯條，心滿意足地呵呵笑。狄爾雖然看不懂這些吃的，但他食量大又不忌口，看到人多的攤位就買，倒也沒踩雷。

後來，他們來到年輕人最愛逛的時尚街，其瑟本來站在門口發呆，卻被蹦蹦跳跳的艾薇一手拉進去。

女銷售員迎了上來，一見到狄爾和其瑟就瘋狂地稱讚兩人的身材，狄爾看起來很得意，但聽在其瑟耳裡只覺得是外星語。

「這裡的褲子都好長喔，不適合我穿。」艾薇一邊翻看牛仔褲，一邊失望地說。

「妳穿什麼長褲？短腿小鳥穿短裙或短褲就好了。」狄爾隨手一拿，就拿到一件款式和版型都不錯的黑色短裙。

艾薇驚喜地接過短裙，「哇！好看耶！我去試試。」

五分鐘後，艾薇從更衣間出來，身穿短版的塗鴉短T搭上黑色百褶裙，恰到好處地露出了白皙的纖腰和腿。狄爾看了很滿意，但其瑟伸出手指，顫抖地指著她的腰。

「有……有點太露了吧？」其瑟一臉面癱，只有眼睛睜得很大。

「拜託，你是山頂洞人嗎？」狄爾瞪他，轉頭望向艾薇，「她又沒露胸……呃，好像也沒得露。」

在有生之年中，終於輪到艾薇這座休眠火山爆發了。

「狄爾！你欠打嗎！」她氣得揮拳揍人。

狄爾笑著接下她的粉拳，兩人不停打鬧，獨留其瑟用鄙視的眼神伺候狄爾。

「其瑟，所以這套不好看嗎？」艾薇揍完屁孩，特地走到其瑟面前給他確認。要是連平常不打扮的人都說好看，她會更心甘情願地買下來。

見艾薇滿心期待地望著自己，其瑟幾不可見地蠕動了下唇，「雖然有點露，不過……很好看。」

「真的嗎？」她喜出望外。

「哼，我挑的當然好看。」狄爾在一旁碎碎念。

後來，艾薇也幫狄爾挑了幾件衣服，他不愧是衣架子，高大的身材搭上濃眉大眼，怎麼穿都好看。

其瑟沒興趣看男人換衣服，在店裡隨意走走時，恰好看見掛在高處的一件白色洋裝。輕飄飄的雪紡材質相當對他的喜好，胸前的粉色蝴蝶結更是和她的雙瞳有些相似。他安靜地看著，直到艾薇和狄爾走到他身邊。

「我都挑好了，你還在發什麼呆？不買幾件嗎？」狄爾率先開口問。

「其瑟，你在看那件洋裝？」艾薇好奇地望過去。

其瑟點頭，「嗯。」

狄爾驚恐地張大嘴，「靠，你不會有女裝癖吧？」

「……」那傢伙要是再多說一句，他可能會有殺人癖。

艾薇覺得有趣地呵呵笑，沒想到其瑟卻忽然要女店員幫忙拿下那件洋裝。拿在手裡後，他神色如常地推給了艾薇。

「艾薇，妳要不要穿看看？」

「穿這件？」艾薇驚訝地接下洋裝，仔細地看了幾眼，「唔，長度應該剛好在膝蓋上。好呀，我試穿看看。」

扔下這句話，她便風風火火地鑽進更衣間。狄爾雙手抱胸，不耐煩地看了他一眼。

「洋裝很無聊耶，她又不是什麼氣質女。金毛小鳥還是比較適合活潑一點的衣服吧，就像我挑的那種。」

「……」其瑟連他的臉都懶得看，靜靜地等待少女換完衣服。

三分鐘後，艾薇又從更衣間出來了。她拉了一下飄逸的裙襬，在胸前晃動的緞帶蝴蝶結和她的桃粉色雙瞳十分相襯。雪色的衣料和她的肌膚一起發光，就像脫俗的仙子。

艾薇有點不好意思地笑了笑，「怎麼樣？」

其瑟似乎很滿意，嘴角上揚的弧度已破了其氏世界紀錄。

狄爾只能說是看傻了眼，他抓抓頭髮，想起金毛小鳥也曾說過自己是公主。這麼一看，還真有幾分相似。

「不錯吧，反正都買得起，就全部買回去。」狄爾努了努下巴，示意她把衣服換下來。

艾薇收到指令，樂呵呵地回到更衣間。

把想買的衣服都放在櫃臺後，艾薇轉身望向其瑟，不滿地皺眉，「其瑟，你不能什麼都不買！難得出來逛街，至少買一件衣服回去吧？」

「我不用……」他的話說到一半，望見那張皺成一團的臉，只好來了個急轉彎，「呃，其實我不知道要買什麼。」

「沒關係，我幫你挑！」艾薇馬上綻放大大的笑容。

「挑衣服還不簡單？我隨便挑都比你現在這身好看。」狄爾嫌棄地看了他一眼，便迅速走入衣服堆中。

其實，其瑟也不是穿得不好看，但他身上的那件白色襯衫明顯就和學校制服差不多，一點認真打扮的感覺都沒有。

艾薇痛心疾首地按著自己的胸口，「其瑟，不要浪費你這張臉啊！多多營業吧！」

「……」他有時候真的不知道這怪女人在說什麼。

二十分鐘後，其瑟已經半推半就地換了四、五套衣服，每次艾薇都豎起大拇指，搞得他有點不自在地秒走回更衣間。

「哼，算是人模人樣。」狄爾的鼻子哼了一下。

「對啊！每套都很好看，尤其是V領毛衣那一件。」艾薇賊賊地笑，「胸口都露出來了，一定有很多女生想看。保守的冰山王子難得這麼慷慨……有種禁欲感？」

「……」他真不知道艾薇是去哪裡學來的詞，總覺得她越來越歪了。

等其瑟出來後，狄爾冷著臉說：「全都買了，除了那件毛衣。」

「為什麼？」其瑟也沒特別喜歡那件毛衣，但他不喜歡狄爾。

「太露了。」狄爾不屑地說。

「啊？」

其瑟不明所以，直到他撞見艾薇一臉曖昧地看著他們。

狄爾也看見了，暴躁的獅子咆哮如雷。

「靠！妳又給我想歪！」

「……」其瑟差點把午餐吐出來。

晚上的豪華大餐，其瑟和艾薇當然提前找好餐廳了。但其瑟拿著手機帶路，竟然還硬生生地迷路了二十分鐘。幸好狄爾早早搶過他的手機，不耐煩地接手帶路的任務。

「嘖，以後你直接說店名就好，我來帶路。」狄爾一個人走在前面，大聲嚷嚷。

「……」其瑟停下了腳步。

「其瑟？」

艾薇以為他又要跟狄爾吵架，誰知道他面無表情地站在原地，一動也不動。仔細一看，他的雙目空洞，靈魂像被抽走了一樣。

呃，看來他受到的打擊不小。

艾薇先是輕輕地拍了拍他肩膀，再連拖帶拉地拽著他往前走。

吃完牛排大餐後，狄爾滿足地打了個飽嗝。雖然牛排的份量很少，但套餐的菜色非常多，全部吃完一輪後，他也被餵得很飽。

沒想到，不是吃到飽的餐廳也有這麼多的份量，而且還很好吃，害他忍不住想稱讚一下那兩人。

不過，轉頭看見他們挨在一起講悄悄話的模樣後，狄爾只想一拳打飛他們。

「喂，慢吞吞的不趕快走，在後面講什麼悄悄話？」

「這裡車子很多，很吵嘛。」艾薇指向河堤的另一邊。「我們去搭摩天輪吧！現在的風景正好。」

看她追上自己的腳步，狄爾滿意地揚起下巴，「喔，當然要搭啊，我帶你們這兩個鄉巴佬去見見世面。」

「講得好像你不住總院一樣。」其瑟冷淡地說。

「你一天不吐槽會死嗎？」

「好了，不要吵架！」艾薇這輩子不知道說了這句話幾次。

幸好，當三人終於搭上摩天輪時，水火不容的少年們識相地停了火。

車廂外的天色如墨，繁星點綴其上，無邊無際地包圍著盛滿萬家燈火的不夜城，看得艾薇雙眸晶亮，沉醉得移不開眼。

兩個少年一人坐一邊，安靜地望著窗外夜景，也不時望向雀躍的金髮少女。

不管怎樣，她高興就好了。

「這裡也太漂亮了，在總院都看不到這種夜景。」艾薇有感而發地說。

「因為總院那裡很偏僻啊，山下也沒有多少人住。要看夜景的話，得往高一點的地方走，再往市區的方向看，說不定有機會。」狄爾挑了挑眉。

「直接來這裡更方便，坐接駁車一下就到了。」其瑟倒是提出更實際的看法，「妳想的話，假日隨時都能來。」

「嗯！感覺都不錯！」艾薇欣然接受了兩個截然不同的意見。

見她贊同，兩個少年也沒多說什麼。

「喂，妳要不要坐下了？一直走來走去的，車廂會晃。」狄爾看她還不打算坐，只好出聲提醒。

「好啦、好啦……」

艾薇轉身，往兩人的方向各看一眼，似乎正在思考要坐哪一邊。忽然，她望向狄爾，有點驚訝地摀住嘴巴。

「嗯？狄爾，你是不是有懼高症？」

聽見此等汙衊，狄爾狠狠怔住，氣急敗壞地大吼：「靠，我沒有！我不是！」

「真的沒有嗎？」

艾薇走近他，腳下卻不慎絆了一下，整個車廂隨她的動作輕輕地搖晃。

「靠靠靠靠靠！別動啊妳！」狄爾死命抓住欄杆。

看來不是汙衊。

「噗哧！」一旁的其瑟忍不住笑出聲。

兩人同時望向他，其瑟放下摀嘴的手，回以嘲諷度百分百的冷笑。狄爾死死盯著他，想把他立刻扔出車廂。

「笑屁啊？路痴宅男！」

「沒笑你，怕高野蠻人。」

他們看起來想馬上打一架，但礙於艾薇站在中間，雙方也只能各自占據一角，試圖用眼睛瞪穿彼此。

唉，懼高症和路痴……半斤八兩。

艾薇掩住嘴巴，偷偷地笑。

後來，艾薇繼續望著窗外，並在兩人想找她搭話時忽然驚叫了一聲。

「有、有流星，快許願！」說完，她雙手合十，迅速地閉上眼。

「都長這麼大了還許什麼願啊？真無聊。」狄爾覺得無趣地嘆了口氣，但看她興致勃勃的樣子，他還是勉強跟著閉上眼。

「……」其瑟也不信玄學，可他無事可做，只好模仿艾薇的動作。

一分鐘過去，艾薇漸漸地睜開了眼。桃粉色的瞳孔流逸著滿天星光，像在說著不虛此行，像在默許相同的祕密。

其瑟沉靜地看了她幾秒，開口問：「妳許了什麼願？」

「我嗎？我什麼都沒許。」艾薇的答案令人意外。

「啊？那妳剛才在忙什麼？儀式感嗎？」狄爾不敢置信，還有種被騙的感覺。

「不是啦！」艾薇笑著揮了揮手，解釋道：「我本來想許的，但閉上眼睛後才發現自己沒什麼願望。應該說，我好像已經過得很好了。」

她雖然沒有爸媽，但自小成長在充滿愛的育幼院裡，才使她能無憂無慮地長大。

當然，這有一部分要歸功於她的天賦「鍾情」，但若她遇見的人本身並不善良，那也不會那麼順利。

更何況，她還有兩個最信賴的盟友。

「所以，我最後許了一個不算願望的願望……」她單手順著長長的金色髮尾，有點難為情地說：「我希望，你們兩個人的願望都能實現。」

兩個少年同時愣了一下。

他們從來都不曉得，這隻目中無人的金毛小鬼竟是如此關心自己。也對，畢竟他們從小一起長大，分享著天賦的祕密，還在不知不覺中走入了彼此的心扉。

但那是哪一種情感，就不得而知了。

「哼，我又沒許。」

「……我也沒有。」

兩人十分默契地說了謊。後來，他們看了彼此一眼，淡然地望向金髮少女的背影。

少女還在嚮往著星光。

可他們的星光，從來就一直是她。

——或許，他們兩人的願望是一樣的。

「金毛小鳥，等等再坐一次吧。」

「越晚，夜景好像會越漂亮。」

聽見他們的提議，艾薇笑容爛漫地轉過身來，融入流光溢彩的夜色裡。

「好。」

要是習慣了同行的日子，或許連心中的感情都會被誤導。

——艾薇

章六

心窗的兩端

艾薇忽然發現自己覺醒了新的超能力。

只要她對怪物伸出手，她的掌心就會射出一道又一道的桃色光束，毫不留情地將怪物砍成紙屑。

沒錯！不知道從哪天開始，她的世界被一群紙做的怪物占領了。每張紙看起來都凶神惡煞、臉色發「白」，不分晝夜地追著她跑。

她很好奇那些怪物從哪裡來，直到有天她終於對上它們的頭目。

「報上名來！我要代替……代替……」艾薇一時想不起以前聽過的某句臺詞，但她不怕，舉起萬能的魔法之手對準一張超大的紙怪物。

紙怪物笑得猖狂，身上還寫了密密麻麻又看不懂的字。

「聽好了，小鬼，我的名字是……」它咧開嘴角，高亢的男性嗓音忽然化作一道嚴厲的女音，「數、學。」

艾薇驚呆在原地，嚇得想回頭找那兩人，卻發現——

「咦？不在！不在！他們都不在……嗚嗚嗚嗚嗚！」

嚴厲的女音持續對她的耳畔開大輸出：「同學、同學，妳到底在哭什麼？上我的課有這麼難過嗎？喂！喂！」

艾薇從荒謬至極的惡夢中驚醒！

「哇啊！數學！」場面太過混亂，她只來得及喊出這兩字。然後，她遲疑地抬頭，對上那雙怒火中燒的眼睛。

完了，新來的數學老師看起來像流氓，但她眼裡的惡火只能說是艾薇自己點燃的。

「數學怎樣？妳還記得是數學課？」老師拍了拍艾薇的桌子，伸手指著那張被她的口水浸溼的模擬考卷，「妳剛才是在夢裡游泳嗎？考卷都溼了！」

班上傳來稀疏的笑聲，艾薇哀怨地看了看四周，正好撞見狄爾在笑她。再往右，其瑟的肩膀微微抖動，同樣不給她面子。

這學期他們倆的座位挨在一起，本來她還有點擔心，這下倒是笑她笑得很開心。

「同學，妳叫什麼名字？」數學老師敲了敲桌面，拉回她渙散的注意力。

升上三年級後，他們班的數學老師就換人了，這位還沒有經過她的魔法洗禮，所以才對她那麼凶。艾薇不習慣被人這樣對待，但也能理解老師為什麼這麼生氣，畢竟她寫考卷寫到一半就睡著了。

可是……數學真的很難啊！尤其現在天天都要寫考卷，時不時還來個模擬考，她連作夢都夢見被考卷追！

嗚嗚嗚，根本沒人懂學渣的難處。

艾薇還沉浸在悲傷中，但數學老師已經等得不耐煩了。她的額頭上浮出青筋，正想罵人，卻在下一秒對上艾薇的桃色星眸，不明所以地怔了一下。

她忽然覺得這位金髮同學好可愛。

「算……算了，妳繼續寫吧，不會的地方下課可以問我。」

「好的，老師！」

數學老師一如艾薇預期，神色複雜地走回了講臺。看來老師也和那兩位一樣，是不坦率的人呀。

艾薇撐住下巴，若有所思地笑了笑。

放學後，三人趕上校車，一同回到了育幼院。一早就聽說院長又有事要找他們，艾薇還真好奇是什麼事。

不會又有模擬考獎勵金吧？但這次數學模擬考她被扣了好多分，成績算不上好看。

看來，又得求助學霸了。

「怎麼了？」走在前方的其瑟注意到她的小表情。

艾薇加快腳步，追到其瑟身邊。現在，她連跟其瑟說話都需要抬高下巴了。據說其瑟又長高不少，現在已經有一百七十八公分，高冷美貌佐長腿一雙，優越得很。

不像她從國二開始就停在一百五十公分，毫無長進。狄爾老是說她的營養都長到頭髮去了，她懷疑他在暗示什麼兒童不宜的話題，但她沒有證據。

「我看，等一下院長又要叫我好好用功了。說不定，今年我們又要再苦讀一次。」

其瑟本想說只有她在苦讀，但看她煩惱的樣子，他還是不說了。

「如果是這樣，感覺沒必要叫我一起去。」

艾薇搖了搖頭，扁嘴道：「院長可能也想拜託你救我吧！她應該很怕我考不上大學，留在總院一輩子啃老……」

其瑟輕扯了下嘴角，眼帶笑意。時光如此流逝，竟到了他們開始談論「啃老」的時候。不過，艾薇和他一樣，不可能一輩子留在這裡的。

總有一天，她會遇上喜歡的人。總有一天……他的祕密會迎來開始或結束。

其瑟低下羽睫，目光落在修長的指節上，直到他們抵達院長辦公室前，他伸手推開褐色的大門。

狄爾已經坐在那裡了，姿勢卻比平時拘謹一些。艾薇好奇地望向站在辦公桌前的院長，以及她身旁一名坐在單人沙發上的灰髮伯伯。

艾薇盯著他幾秒，很快地認出他的身分。

「咦？是『老闆』！」她伸出爪子指認，訝異地大聲嚷嚷。

「老闆？」灰髮伯伯被她的稱呼逗笑，還轉頭看了院長一下。「碧翠絲，妳都在孩子面前這樣叫我？」

院長點了點頭，「是啊，反正你也不常回來，講了名字他們也記不住。啊，艾薇，跟妳介紹一下，這位就是出錢蓋育幼院的好心老伯伯，不過看來妳也把他照片上的樣子記住了，呵呵。」

「什麼老伯伯？我也才五十幾歲……咳咳。」灰髮伯伯注意到艾薇正盯著自己看，連忙換上和藹的笑容，招手要她過去。「妳叫艾薇吧？院長有跟我說過很多妳的事，但一直沒機會跟妳聊聊，真可惜。」

「我……我也……」雖然艾薇一直很想跟恩人見面，但她還是有點不好意思。她躊躇了一會兒，才認真地笑著回道：「我也很高興見到老闆。」

「哈、哈！看起來還有幾分小大人的樣子，都長大了不少啊，你們。」灰髮伯伯滿意地看了狄爾和其瑟各一眼，接著再轉向艾薇，「是這樣，我的名字是奧斯汀，妳可以叫我奧斯汀伯伯。當然，要繼續叫老闆也沒問題啦。欸，別光一直站著，來沙發上坐吧。其瑟，你也是。」

艾薇回頭瞥了眼，其琛的心情看起來還不錯，嘴角和眼尾都上揚著。一直坐在沙發上的狄爾也是，但他拘謹的樣子跟平時差太多，有點做作，看得她很想笑。

等三人都落坐，奧斯汀才端正坐姿，「我這次過來，除了看看你們過得好不好，還有幾件事要跟你們說。」

什麼事？這次老闆會親自發獎勵金，給他們很多錢？

艾薇已經在作發財夢了，誰知道奧斯汀下一秒就打破她的獎勵金夢。

「是這樣，高中畢業後，艾薇妳要不要考慮也從總院『畢業』？」他特地用了特殊的說法，那個全總院的孩子都知道的盛大驚喜。

畢業？意、意思是……

艾薇不敢置信地怔住。由於太過震驚，她並未馬上做出反應，而是逐漸睜大雙眼，彷彿在等候對方確認。

奧斯汀從她的眼底捕獲了一絲喜悅，因而加倍放心地說下去：「艾薇，妳要不要來當老闆家的小孩？放心，妳不用跟著我到國外，可以留在這裡，跟朋友一起。」

咦？老、老闆這是要領養她嗎？她都已經快要十八歲了！

這不只是發財夢，而是人生勝利組的超完美劇本啊！

「我……」

在過去的人生裡，艾薇從未想過要被大人領養。但老闆不同，他就是育幼院的創辦人！也就是說，她能一邊擁有新家庭，還能一邊陪伴對自己而言最重要的家人們，這簡直是最棒的待遇了。

雀躍的艾薇正想一口答應，但她馬上想起狄爾的狀況。對狄爾來說，如果只有她被領養了，他會不會很傷心？

她猶豫了一下，小心翼翼地望向坐在她左邊的狄爾，撞見他急躁又震驚的面容。

艾薇愣了愣，正想著他是不是真的很傷心，卻見到暴躁的狄爾在第一時間起身，往奧斯汀的方向走了幾步。

「等等，老闆……艾薇她……」狄爾絞盡腦汁，似乎正在煩惱該怎麼說，「她說過她不太想被領養，而且……呃，她是個……」

狄爾的話說得吞吞吐吐，看似想暴露她的所有缺點，千方百計地阻止她被老闆領養。

「狄爾？」

艾薇其實明白他不想被丟下的心情，但看他這麼直白地透露目的，甚至一句話也不跟她商量，還是讓艾薇有點失落。

說到底，能被老闆領養，是所有孩子夢寐以求的事。

而狄爾，竟然這麼快就出聲阻止她……

「不，老闆，請讓我再考慮一下剛才的提議好了。」沒想到，狄爾忽然話鋒一轉，神色複雜地坐回沙發上。

艾薇一頭霧水地看看他，又瞅瞅其瑟。誰知道其瑟的臉色竟然也不好，俊秀的眉全皺在一起，眸光黯淡如陰雨。

這兩個傢伙是怎麼了？就那麼不希望她被老闆領養嗎？

院長看艾薇的神情不對勁，便在一旁貼心地解釋：「啊，艾薇，老闆也有打算領養狄爾喔。如果你們都答應的話，就是一家人了。」

「咦？」艾薇忍不住驚呼。

她秒速轉向狄爾，但他居然連看都不看她一眼。

不過，複雜的心緒像雜亂的絲帶一樣全糾纏在他眼裡。

「……沒有別的有錢人家嗎？」坐在她右邊的其瑟突然出聲。但是，他的目光對上奧斯汀的臉後，似乎放棄了自己想說的話。

他別開視線，低聲說：「沒事，當我沒說。」

沉悶的氣息莫名席捲此地，一時之間都沒人說話。院長似乎還搞不清楚狀況，狐疑地瞥向奧斯汀。

可這一切，都深深映入了奧斯汀的眼裡。睿智的老伯幾不可見地笑了笑，流過他心河的，是令人感懷的舊憶。

「哈，別擔心。」他的嗓音如此安穩，讓兩個少年都拾起了不安的目光，像緊抓著浮木般注視他。

「要是你們介意結婚的事，我會好好處理親權，不會有問題的。你們兩個，不要被這種小事影響了，知道嗎？」

「啊？結婚？」艾薇滿臉問號。

「咳咳！我、我才沒有介意那種事！」狄爾再度從沙發上跳起來，耳根泛紅，手忙腳亂地反駁道：「反、反正，領養的事情我會想一下，謝謝老闆。」

簡直就像被戳中心事一樣。奧斯汀的嘴角上揚。

他又瞥向其瑟，想看看那孩子的有趣表情，只可惜銀髮少年早就拿起靠枕，將自己的臉完全擋住。但就算不看，他也知道那小子的臉一定很紅。

呵，還真是有趣啊。

「好了，『畢業』的事你們可以慢慢想，明年八月再告訴我就好。我現在，有另外一件事要拜託你們。」

拜託他們？身為人生勝利組的老闆，有什麼事是做不到的嗎？

艾薇好奇地看奧斯汀從黑色行李袋中拿出一根分枝成二的褐色樹枝，長度不算長，握在手裡恰好像毛筆一樣輕巧。樹枝上有一條金色的緞帶，被繫成了整齊端正的蝴蝶結，彷彿能想像出繫結之人當時的虔誠。

奧斯汀離開沙發，緩緩地往艾薇走去。他將樹枝謹慎地交到她手上，拍了拍她的頭。

「等高中畢業後，我會送你們一臺露營車。請你們出發到貝爾特城，去一個叫做『瓦爾克村』的山中小村落，把這個重要的信物交給當地村長。我會給你們一封介紹信，不用擔心。」

「信物？」艾薇有點困惑地把金緞帶樹枝拿在手中把玩，想也不想地脫口而出：「這東西不能用寄的就好嗎？」

奧斯汀愣了一下，接著大笑，「哈，早就聽其瑟說過妳很真性情了。」

「……我說的明明是『白目』和『奇怪』。」其瑟不冷不熱地說。
聞言，奧斯汀笑著看向他，他才默默地低下頭。
其瑟？他跟老闆這麼熟？艾薇皺眉，審視他閃爍不定的神情。
「艾薇，瓦爾克村呢，是個比較特別的地方。那裡有崇拜神木的信仰，文化也跟我們不太一樣，簡單來說就是比較傳統、封閉。雖然他們和外界也有保持基本的交流，例如進出口和郵務等等，但如果我真的把『聖物』寄過去，村長應該會氣得想殺過來，用一把火燒掉總院喔。」
老闆不愧是周遊各國的商人，說起話來像專業導遊一樣。不過，縱火燒育幼院還是太誇張了。艾薇再度看了信物一眼，想像著村莊和當地居民的樣子。
「那……他們會不會很不歡迎我們？」狄爾下意識覺得居民們可能都是些食古不化的老人。
「喔，我老爸跟村長是老朋友了，這東西也是他交代給我，要我還回去的。」奧斯汀指了指艾薇手上的信物。「你們只要先把介紹信拿給村長就行了。而且，瓦爾克村沒有那麼不歡迎外人。他們舉辦的靈木祭也對外開放好幾年了，要是你們能趕上也可以參加，很熱鬧的。」
艾薇一愣一愣地聽著奧斯汀說起靈木祭，忽然覺得這次的旅行或許就是一趟變相的「畢業之旅」。不僅可以暫時離開偏僻的小鎮，往更遠、更熱鬧的城市探險，還能趁機在外面大吃大喝大玩一番！
狄爾也有點期待，深紅色的眸中明火通透。他和艾薇對看一眼，忍不住各自用手機搜尋了瓦爾克村的資訊。
沒想到，其瑟在此時幽幽地打斷兩人的興致：「……沒人注意到露營車的問題？」

一獅一鳥立刻抬頭，望向操碎了心的貓。

「我們都沒有駕照，要怎麼開車？還是有人會陪我們一起去？」

「……」

兩人瞬間變啞巴，幸好奧斯汀及時插話，還拍了拍其瑟的頭，「我已經想好了，你的生日快到了，是最早滿十八歲的，等升學考結束你就去考駕照吧。三、四月順利拿到駕照的話，畢業後出發剛好。」

「哇！對耶，你會最早成年。」艾薇似乎能想像他成年的樣子，肯定不會和現在差太多。不過，能第一個開車載他們還是很酷。

「啊？安全沒問題吧？」狄爾一臉狐疑。

「……」其瑟冷冷地瞥向他。

他雖然對安全性也沒什麼信心，但公然被質疑還是很不爽。

「哈，狄爾，你別擔心其瑟。那孩子從小就很會操作機械和工具，遙控車和賽車遊戲都玩得很好，區區駕照難不倒他。而且，他也早就在郊區練習過了。」奧斯汀笑著拍了其瑟的肩膀兩下。

受到如此誇讚，其瑟也有點不自在。他不自覺地脫口制止奧斯汀：「爸，別說了。」

「對！其瑟真的很厲害！不像我每次玩賽車都……嗯？」

艾薇誇他誇得正起勁，目光卻在聽見某個關鍵字後瞬間凍結。

嗯？爸？

爸爸爸爸爸爸？

「其瑟！老闆是你爸？」

「你老爸是老闆？」

艾薇和狄爾同時大驚失色。奧斯汀見狀，面露疑惑地看了看孩子們，包括其瑟那張尷尬又難為情的側臉。

「喔，其瑟你沒跟朋友說啊？」

「……說出來太奇怪了。」其瑟心虛地抓了抓耳後。

自己的爸爸就是育幼院創辦人，好像不管怎麼介紹都會被貼上標籤。況且艾薇沒問過他，他也覺得沒有講的必要。但看他們嚇成那樣，他似乎有點後悔了。

「靠……」狄爾忍不住口吐芬芳。

原來他含著金湯匙出生？怪不得總有一股莫名的冷傲感。狄爾不想承認他身上有「貴公子」的氣息，只好歸結為「孤傲」。

「啊，難怪每次老闆回來的時候，你都會被找去院長辦公室……」

艾薇還以為是其瑟太優秀，所以老闆要特別表揚他呢。還有，她一直很疑惑為什麼其瑟在育幼院住到快十八歲了還沒回自己的家。原來，是因為他爸爸就是創辦人啊。

雖然很震驚，但這件事似乎不是他們目前的重點。

重點是，時光走得如此奔騰——他們即將迎來升學考。在那之後，還有如此壯闊的畢業旅行等著三人。

在他們還沒有時間想那麼多的時候，時間竟追上了他們的腳步。忽然，遙遠的未來似乎清晰了一些。

艾薇輕撫自己的長髮，深吸口氣。

雜亂無章的金絲，或許也到該梳理的時候了。

當其瑟拿著駕照和露營車鑰匙回來的時候，艾薇只覺得如果世上有神，那祂大概就長成其瑟那樣子。

「好強！太強了！」艾薇激動地接過其瑟手中的鑰匙，繞著小白貓跳來跳去，像隻戴著鈴鐺的鳥。

白貓被她嚇得不輕，一溜煙躲進床上的棉被裡。

其瑟難得臭屁，悠閒地拿著駕照對自己的臉搧了搧。脣角上揚，但依然面癱。

「本來就不難考。」他的嗓音淡得像一縷煙，卻無法無天地飄上天際。

「你要是覺得自己超屌，就麻煩說出來。」狄爾看不慣做作的傢伙，嫌惡地嘖了一聲。

其瑟陰森森地瞪他一眼。

「嘿！你們！學校已經放榜了，你們知道嗎？」隔壁房的同年紀學生經過門口，見他們吵成一團，還不知道自己的未來，便好心地提醒他們。「快上網查查看。」

「咦？真的嗎？我要看！」
「冰塊宅，打開電腦！」
「……沒見過借別人東西還這麼大聲的。」
其瑟一邊抱怨一邊打開電腦，一一搜尋三人的報考結果。
稀鬆平常的白底黑字、緩緩睜大的晶亮雙眸、默契對視的了然神情，都預示了即將到來的坦途——
「恭、喜、我、們、都、上、榜、啦！」
KTV包廂內，五光十色的氣氛燈緩速旋轉，霓虹光束不間斷地掃過少女激動的臉。
狄爾出聲喊她，要她趕緊從沙發椅背下來，免得跌倒；其瑟則是默默望著在她臉上跳躍的雜亂光點，唇邊隱約發笑。
半小時過去，三人已吃飽喝足，準備開始唱歌。但艾薇覺得只唱歌不夠嗨，還叫了一手啤酒，準備來個十八歲飲酒初體驗。
「哇！好苦！」艾薇淺嘗一口，差點吐出來。
狄爾想笑她，也真的不客氣地大笑，「不能喝還喝？我看妳大概永遠都是小朋友口味。」
「你自己也沒喝多少，還敢說我。」艾薇忿忿不平地盯著他手裡的玻璃杯。冰塊很多，酒也很滿。
狄爾的眼珠子轉了轉，避開她的質問目光，「我吃了太多義大利麵，喝不下這麼飽的東西。」
「要是妳不喜歡啤酒，可以點白酒看看。」其瑟拿出酒單，白皙的指尖落在其中一行字上，「這款滿甜的，妳可能會喜歡。另外這個，比較酸一點。」

「靠，你不也才剛滿十八……你是酒鬼嗎？」狄爾不敢相信他居然那麼熟練。

重點是，他們今天是來買醉的嗎？明明是來慶祝全員上榜的！

「好，我想喝看看甜的！」艾薇馬上答應，眼明手快地按下服務鈴。

狄爾連忙指著桌上的啤酒，「喂！妳點那麼一大瓶白酒，那這幾瓶啤酒誰解決？」

其瑟和艾薇同時望向他，靜靜地不說話。

那理所當然的樣子讓狄爾心寒。

「院長辦公室其實有很多我爸留下的酒，去年過生日之後，他就送給我很多瓶，還跟我一起喝。」

不打算理會狄爾的抗議，其瑟逕自說出自己略懂酒單的原因。

「對耶，你生日的時候老闆有回來。啊！那你的酒量是不是很好？」

其瑟好像有點不好意思，輕咳了幾聲，「……還好。」

「那大概是不怎麼樣。」狄爾嘲諷地笑了笑，刻意忽視他投射而來的陰暗目光。「啊，金毛小鳥，妳的歌來了。」

「我來、我來！」艾薇興奮地拿起麥克風。

一曲下來，金毛小鳥表現尚可，只是悲傷戀歌變成了兒歌。狄爾覺得她講話聲音好聽，原本還以為會是黃鶯出谷，誰知道她竟唱得像個小鬼頭一樣，讓他夢回幼稚園。

不對，他也沒上過幼稚園。

「狄爾，換你了。」艾薇心滿意足地把麥克風遞給下一位。

狄爾自信滿滿地接過，走到螢幕前方，「哼，讓你們聽聽什麼叫歌神。」

他們一起生活了那麼久，艾薇當然有聽狄爾隨便哼過幾句。但旋律斷斷續續的，兩人歌路又不太相同，那些搖滾樂團的歌她連聽都沒聽過，她也不確定他的歌唱實力怎麼樣。

不過看他那麼有自信，應該是不錯聽吧？

「其瑟，你沒點歌耶。」等待前奏時，艾薇忽然注意到點歌機上沒有他的歌。

「我不會唱歌。」其瑟乾脆地回答。

「啊？不行啦，來都來了！別只當分母。」艾薇衝去點歌機前幫他點了一首熱門歌，「這首會唱吧？排行榜第一名，應該至少聽過副歌。」

何況他的食量那麼小，連當分母都嫌浪費！

其瑟勉勉強強地點頭。就在此時，狄爾高舉單指，盛情滿滿地開了金嗓——

「……啊？」

姿勢一百分，高低音很難分。

嗯？哦？啊，這樣啊……

不知道過了多久，艾薇才回神。

狄爾似乎很滿意自己的表現，翹著尾巴下臺。艾薇晃了晃頭，瞧見其瑟神色自若地喝著白酒，那超脫淡然的模樣硬生生把酒喝成了高山茶。

後來，輪到其瑟的歌了。他面無表情地接過麥克風，卻仍坐在沙發上。

說起來，她好像完全沒聽過其瑟唱歌。小時候，他連上音樂課都只當伴奏。

他一直非常神祕。但在艾薇好奇的目光下，其瑟終究開了金口——

「……嗯？」

聲情並茂、繞樑三日、天籟之聲、餘音嫋嫋、聲動梁塵……艾薇這輩子學過的所有詞語，都不足以用來形容其瑟的美妙歌聲。

其瑟講話的聲音本來就很好聽，比一般男生低沉，有得天獨厚的慵懶感。用這嗓子來唱歌，簡直能淨化所有女人的心靈。

艾薇聽得一愣一愣，直到其瑟眉眼淡然地放下麥克風。

——哼，讓你們聽聽什麼叫歌神。

——我不會唱歌。

「你們兩個……都給我說實話啊！」這是詐欺、詐欺！

可惜狄爾和其瑟都聽不懂她在說什麼，只當她發了酒瘋。

後來，狄爾還點了幾首舞曲，酒酣耳熱地在地板上秀了幾把。不得不說，雖然他是音痴，但舞跳得挺好的。

尤其當他單手倒立時，微微垂落在胸口的上衣竟然出賣了他的小麥色腹肌。艾薇承認，她不小心多看了幾眼。

就這樣，慶祝上榜的孩子們不間斷地嗨了三小時。酒量差的艾薇還爬上沙發跳舞，看得兩人無言發笑。

「艾薇醉了。」當金髮少女站在沙發上唱歌時，神智還很清醒的「酒國英雄」其瑟出言提醒了一下狄爾。

「哈，看得出來。」幾杯啤酒下肚，狄爾的心情不錯，難得沒跟他脣槍舌劍。

「要是她再瘋下去，就差不多該回去了。」其瑟看了看手錶。

雖然他們已經跟育幼院的老師報備過了，但太晚回去還是不好。何況，這裡離總院有點距離，他們還得安全帶著醉酒的艾薇回去。

「你幹嘛怕她瘋？金毛小鳥一直都很瘋吧。」狄爾單手打開最後一瓶啤酒，張口就喝。

明明是第一次喝酒，但看起來像個酒鬼一樣。其瑟皺了皺眉，淡淡地說：「我怕她吐得滿地都是，醒來後悔。」

「靠，那真的很可怕。」狄爾抖了抖肩。他可沒看過金毛小鳥吐，但想也知道不會很好看。

「嗯，等一下準備帶她回……」

「還是你怕她亂說話？」狄爾忽然打斷他，語調戲謔。

其瑟挑了一下眉，「怎樣亂說？」

或許是酒精在發酵，狄爾的笑容比以往坦率許多。他的笑意略帶狂氣，目光卻朦朧悠遠。

「比如……說她比較喜歡誰？」

相同的祕密落在心窗兩側，似乎輕輕一碰就能捅破。

兩個少年相顧無言，任憑目色被執念浸染，也不肯再多揭一張底牌。

會是哪一天？

哪天，這道無解的三角習題會被解開？

「啊，包廂時間到了！」艾薇一曲唱畢，雙手舉高，笑咪咪地宣告結束。

其瑟移開視線，穩當地起身，「我上個廁所。」

狄爾默默地望著銀髮少年進入廁所，轉頭瞥向站在沙發上的醉鬼艾薇。

「金毛，小心一點，妳喝太多了。」

「你又叫我金毛！」艾薇反應很大地舉起手，又好像沒那麼介意地垂下雙臂。「算了，知道是誰就好。」

喝醉的艾薇好像和清醒時沒什麼差別，大概就是情緒變化的速度更快了。

「喔，還真是寬宏大量。」狄爾聽她講話都黏糊糊的，忍不住開口逗她。

「當然，我是最慷慨的公主。」她雙手扠腰。

都幾歲了還在玩公主那套，這小鬼是不是真的長不大？

狄爾想吐槽她，但看她那麼開心，只好打消念頭。「好了，快從沙發下來，我們要回去了。」

「好——」

她乖巧地答應，正要從沙發下來時，毫不意外地一腳踩空。幸好狄爾就在她身邊，他眼明手快地攔腰抱住她，艾薇的臉也因此砸進狄爾的胸膛。

清新的木質香撲面而來，艾薇在他的懷抱中眨了眨眼。酒精讓她的五感遲鈍，但她還是能感受到肌膚相觸的曖昧溫熱。

不久，頭頂上傳來他微啞的聲息：「……喂，妳還好吧？就告訴妳要小心點了。」

那是他的心在躁動的聲音。

「嗯……」艾薇稍微抬起臉，視線卻仍停在他的胸膛上。「咦？狄爾！」

聽見她驚呼，狄爾連忙問：「怎樣？撞到鼻子了？」

沒想到，這隻大膽的「禽獸」女竟伸手戳了戳他的胸，面露驚奇。

狄爾的臉一紅，想擋住她卻發現沒手，「妳幹嘛？」

「你有在練嗎？」童真般的惡魔之語襲來，「肌肉……好像滿大的。」

說她禽獸，也確實沒錯。

狄爾抓住她的雙臂，稍微將她推開，臉色微紅地低語：「喂，妳該不會其實有點色吧？」

深紅色的瞳孔鍍上一層試探，可少女視線朦朧，隱晦如月光。

「嗯？」艾薇一臉天真，笑著瞇起眼。

「……」到底是有沒有聽懂啊？

此時，其瑟從廁所出來，緩緩地瞥向狄爾放在她雙臂上的手。想起剛才的事，狄爾莫名有點心虛，於是光速放開了她。

「回去吧！」狄爾佯裝不在意，單手拎起側背包。

其瑟看了醉醺醺的少女一眼，沒有說話。

四十分鐘後，三人從計程車下來，回到熟悉的鐵藝雕花大門前。在KTV的時候，艾薇本來還能正常走路，但經過這一路的搖晃，她體內的酒勁全湧了上來，幾乎要站不住。

她本能般地走向庭院的石椅，躺了上去，整隻縮成一團。

「……」狄爾和其瑟無奈地互看一眼。

狄爾沉默了幾秒，「誰來抱？」

他本來不是那麼有禮貌的人，但一直以來都是自己對她動手動腳比較多，其瑟反倒很少。

說真的，金毛小鳥未必喜歡那些碰觸。

不過，先問一下冰塊男的意見，他的心似乎就能舒坦一些。

「你抱她吧。」其瑟沒有猶豫太久。

這種時候還裝客氣，其瑟覺得他可能是因為某事而心虛了。他們三人的關係停滯太久，一旦有了變化，反而誰都不適應。

而今天的變化，會是發生在他短暫離場的那五分鐘嗎？

狄爾似乎愣了一下，「……這麼乾脆？」

「因為你四肢發達。」冷冷地拋下這一句，其瑟便往宿舍的方向走。

靠，是在嗆他頭腦簡單嗎？

狄爾一記眼刀飛去，但身後的醉鬼小鳥正在呼呼大睡，他沒時間追上去罵人。他嘆口氣，小心翼翼地將她攔腰抱起，引導她的手圈住自己的脖子。

「回家了，醉鬼。」

「喔……」艾薇迷迷糊糊地回應。

走進宿舍後，狄爾留意到其瑟幫他開了一路上的門。他安靜地站在一樓的階梯等，不冷不熱地望著他們。狄爾抱著艾薇經過他，他這才等速跟上。

上樓時，起伏的動靜讓艾薇稍微醒了。她一睜眼，便望見狄爾脖子上的痣。她莫名地想起其瑟的淚痣，覺得他們的相似之處還真是不少。

後來，酒勁又壓過了她的神智，她暈呼呼地閉上眼，溫熱的唇不小心擦過狄爾的脖子。

狄爾怔了一下，感覺到她的臉正死命地往自己的頸部湊。帶著酒氣的鼻息撲在臉上，他不禁心房躁動。

「艾薇，妳……」

他耳根泛紅，正想低聲喝止她，誰知道艾薇忽然高舉一隻手，軟綿綿地往銀髮少年的方向伸去。

「其瑟？喔，其瑟在這裡啊。」她的眼睛根本沒睜開，亂舞的爪子卻隱約碰上其瑟的肩，「你唱歌好好聽喔，下次……再多唱幾首唔嗯……」

沒人知道她後面的那串呢喃是什麼，終究，她還是墜入了酒氣環繞的夢鄉。

「……」狄爾不爽地蹙眉。

哼，早知道就摔死這渣女。

抱著艾薇回到女生宿舍，狄爾將她輕輕放在床上。艾薇現在是一個人住這間房，以前的室友全都離開育幼院了。

雖然她嘴上不說，但她一定覺得這裡很空，怪不得整天往他們的房間跑。

狄爾替她蓋好被子，耳邊傳來其瑟那帶著睏意的慵懶嗓音：「我先走了，洗澡。」

「喔。」也是，其瑟那傢伙有潔癖，不可能不洗澡就睡覺。說起來，他喝掉了大部分的酒，如今看來卻還是精神奕奕的。

真是可怕的傢伙。

狄爾見他離開艾薇的房間，自己也準備跟上去。就在此時，金髮少女模糊的囈語如夢泡般飄進他耳裡。

「雖然都上榜了，但是……不同學校，還是有點寂寞……」

他不知道艾薇夢見什麼了。不過，一定是關於他們的事。

三個人的成績水準本來就不同，要上同一所大學還是太難了。

狄爾無奈地笑了笑，又走回床邊。他凝視著她的睡顏，緩緩地放輕呼吸。

一身傲氣也能成為誰的依靠，只要她願意。

「寂寞什麼？我們都還住這裡。」狄爾靠近她耳邊，輕聲低語：「不管妳想見誰，我們都在。」

是他還是他，沒人知道。

但這裡，會是離她最近的地方。

「嗯……」她顯然還在夢裡。

一會兒，她糊里糊塗地翻了身，把棉被扯得歪七扭八。狄爾再次幫她蓋好棉被，並將目光落在垂掛床邊的柔荑。

他輕柔地拾起少女的手，在放開之前，情不自禁地捏了幾下。秀氣的指節停留在少年的掌心上，他待如珍寶，一刻也不想放開——

那是朝朝暮暮的眷戀，也是輕如薄紗的妄念。

最終，他的脣落在她的手背上，以真心索求，以吻相探。

有些事是這樣的，不知道怎麼輸，但也不知道該怎麼贏。

——狄爾

章七

暮色溫柔

第一次見到露營車的時候，艾薇感受到她的世界在不斷拓展。她從沒想過她會真正離開家鄉，前往未曾踏足過的城市。

但這一切，就快要實現了。

「靠，你爸太猛了，竟然送我們這麼豪華的露營車。」

狄爾剛才已經把這臺白色的承載式露營車前前後後看了好幾遍，非常滿意內裝的設施。不僅空間頗大，有廚具、衛浴和雙人床，還有可供展開的兩用沙發床。

簡單說，這臺車要供他們舒服地旅遊兩個月，算是綽綽有餘了。

「所以得小心點用，不要太粗魯。」其瑟面無表情地提醒他。

「開車的人是你，又不是我。」狄爾睨了他一眼，「這臺還是貨車耶，你沒問題嗎？」

「早就練好了。」

艾薇湊了過來，眼神崇拜，「喔！難怪最近其瑟晚上都不在，原來是在練車啊。」

這可關係到三條命，他當然早就做好足夠的練習了。

不過，其瑟也很意外他爸居然對自己這麼放心。剛高中畢業就讓他考駕照，開的還是一臺露營車。

都不怕他摔進某座不知名的山嗎？

其他兩人沒發現他陰暗的想法，一起走向站在車庫外的奧斯汀。

「老闆！謝謝你送我們露營車！」

奧斯汀拍了拍艾薇的頭，「別客氣，其實這臺算舊車，之前我也開它去過瓦爾克村。」

「什麼時候？」其瑟也跟了過來。

「嗯……你小時候。」奧斯汀笑了笑，「但你年紀太小，應該想不起來了。」

確實，他沒有坐過這臺露營車的記憶。

「啊，對了，這包是給你們的旅費，狄爾你要幫忙好好收著啊。」

狄爾驚訝地收下厚實的信封袋，「嗯？老闆，你還給我們旅費？」

雖然他的零用錢不算多，但他也為這次的旅行準備了一些錢。這下可以把他這些年好不容易存到的錢先放回育幼院保管了。

「當然，畢竟是我拜託你們去的。但也別太期待，裡面只有兩個月的生活費，要省著點用喔。」

「好！」

奧斯汀又和孩子們寒暄了幾句，便笑著看他們一個個興奮地鑽進露營車裡。一切準備就緒，他最看重的孩子們即將迎來畢業之旅。

讓他不禁感嘆時間過得真快。

二十分鐘後，其瑟一個人下車，冷靜地朝他走來。

「爸，那我們準備出發了。」

「嗯，跟你的小貓打個招呼吧？」奧斯汀提起貓籠，漂亮的小白貓正坐在裡面喵喵叫。

其瑟露出微笑，把手伸進籠子裡摸牠。

「我兩個月後就回來，你要乖乖聽院長的話。」

「喵！」

「那我走了，掰掰。」

「喵——」

他沒辦法讀小白貓的心，從來就不知道牠有沒有聽懂自己說的話。但牠叫聲高亢，尾巴翹得很高，看得出來很高興。

「嗯，我會記得帶一些零食給你。」他淺淺地笑了笑。

換言之，或許人心，也不一定要讀才能懂。

當露營車駛離育幼院的那一刻，三人不約而同地靜默了。

他們安靜地欣賞前方的風景，享受著自由的空氣，直到抵達山下的休息站，才有離開家鄉的實感。

狄爾和艾薇興奮地從沙發上起身，隨著其瑟一同下車。

熱情的仲夏鋪天蓋地，從未見過的風景迎面而來。

而他們的畢業之旅，也即將在廣闊的未知裡展開——

「好了！該來決定每個人要睡哪裡了。」

三人在休息站吃飽喝足後，一起回到了露營車廂內。狄爾拍了拍屁股下的沙發，望向其餘兩人。

「這雖然是沙發床，但好像也很好躺。」

「嗯，我就睡這裡吧！」艾薇接話。

「嗯？」

「……我還以為妳會想睡星空床。」其瑟看了一眼車頂。

那裡有一張真正的雙人床，頭上還有天窗能看星星，適合她那種浮誇的女生。

缺點只有早上熱了點。但車內有冷氣，天窗也能關上，基本上沒影響。

「不是啊，雙人床只有一張，當然是給你們睡。」艾薇隨意地躺上沙發床，「看，我這麼矮，不用展開就能睡了。」

「知道妳矮，但是……」

「狄爾！」她氣呼呼。

狄爾笑了笑，「好吧，金毛小鳥都說要睡沙發了，那我們就——」

兩個少年的目光撞在一起，同時作嘔。

「靠，跟冰塊宅男睡同一張床還是有點噁。」

「那是我要說的話。」

艾薇無奈地看著他們，「那也沒辦法，沙發只能睡一個人，總不能我去床上跟你睡吧？」

她沒說「你」是誰，但那兩人同時嗆到口水，臉色泛紅地別開目光。艾薇望著莫名有默契的他們，忍不住笑出聲。

後來，他們開始討論第一個目的地。

老闆說過，可以不用一開始就前往瓦爾克村，因此，他們決定一路沿著知名景點大玩特玩，等到靈木祭將近時再進村送信物。

說起信物，艾薇將它放在駕駛座前，作為祈禱一路順風的幸運符使用，倒也很合適。

「華德鎮？這地方有什麼特別的？地圖看起來很小，跟我們住的小鎮差不多。」

狄爾好奇地望著艾薇的手機螢幕，不懂她為什麼想選那裡。艾薇興奮地打開另一個視窗，網頁上全是道地美食的介紹文。

「我查過了！這裡歷史悠久，有很多好吃的東西，離休息站也很近，大概三小時就會到了。」

「又是吃的？明明在休息站隨便吃就好了。」

「我可不想整整兩個月都吃休息站。」其瑟算是贊同艾薇的意見，「華德鎮物價很低，也比較適合我們。我爸給的旅費，就真的只是基本生活費而已。」

奧斯汀家雖然很有錢，但也不會盲寵小孩。其瑟知道爸爸的個性，勸他們能省則省。

「好吧，那休息一下就出發。」狄爾也妥協了，「我想早點離開這裡，去外面看看。」

目前他們所在的市區休息站仍是在家鄉的範圍，還不算真的離開這個鐵灰色城市。狄爾也很想見見外面的世界，畢竟他們似乎從出生以來就一直在這裡生活了。

「嗯。」

「好耶！那我去買個飲料，等一下在路上喝。」

艾薇從錢包裡翻出自己的那一份旅費。狄爾怕她走丟，索性拉著她下車。

「我跟妳一起去。」

「其瑟，你要喝什麼？」她回頭望著坐在沙發上的其瑟。

其瑟思考幾秒，悠悠地說：「紅茶，冰塊多一些。」

艾薇愣了一下，彷彿聽見了冰塊碰撞的聲音。她想起令人難為情的回憶，不動聲色地瞄了一下銀髮少年的薄唇，才驚覺自己的目光有多不安分。

呃，套句狄爾說的話，她、她也是個健康的女人嘛。

「好，我們去買！」

艾薇心虛地溜下車，獨留其瑟一人在車上。

其瑟面不改色地拿出手機，開始研究前往華德鎮的路線。不久後，他想起金髮少女方才的表情，心情甚好地彎起了嘴角。

路痴冠軍果然又迷路了。

夜晚時分，其瑟將露營車停在人煙罕至的路邊，神情有點空洞。艾薇知道他又受到打擊了，連忙拍拍他的肩膀安慰。

「沒關係啦！今天也晚了，明天再找路就好。而且，畢業旅行就是要迷路才好玩啊。」

「妳確定嗎？」狄爾一臉厭世。

「……」

其瑟的魂似乎又飛得更遠了。

幸好，他們早在上一個休息站買好了存糧，三人利用車上的廚具做好一頓簡單的晚餐，坐在星空下邊吃邊聊。

這是他們離開育幼院的第一夜。是出了點意外，但也有點幸運。

畢竟，艾薇沒在家鄉看過這麼大的草地和星空。

「這附近好像都沒人住，晚上睡覺的時候車門鎖好點，免得有什麼奇怪的動物出現。」狄爾環顧了一下四周。

這裡連一棟房子也沒有，絕對稱得上是荒郊野外。不過，在荒野露營也別有一番滋味，艾薇倒是挺享受的。

「你們看，星星這麼多，等一下會不會又有流星？」

其瑟想起高二那年在摩天輪上的事，淡淡地問：「這次妳要許願嗎？」

「嗯，我大概會祈禱這次的旅行順利吧！你們呢？上次許的願望實現了沒？」少女嘻皮笑臉地問。

少年們默契地對看一眼，幾乎是同時回答：「……還沒。」

「喔——你們上次明明跟我說沒有許願呢——」

「……」

可惡，被抓到了。

艾薇賊兮兮地笑了笑，倒也沒有多問細節。

夜深後，三個人都睡了。狄爾最早進入夢鄉，姿勢豪邁地呼呼大睡。其瑟睡覺的時候完全不會動，呼吸平穩，也沒人知道他睡著了沒。

艾薇在沙發床上翻幾次身，躺了許久，才迷迷糊糊地墜入熟悉的夢境——

又是那個金髮女人。

隨著年齡增長，她的視野又離女人更近了些。艾薇看過無數遍相同的景色，但這次，卻有一處和之前不同。

女人跪在草地上，被寂寞的夜色包圍。

這次……沒有耀眼的陽光。

艾薇在深夜中驚醒。

又醒了，在歷經那個夢之後。

一般來說，這時她都會選擇到外面走走，重新醞釀睡意。可是現在她在露營車上，四周又是荒郊野外，實在沒什麼地方能讓她好好散心。

她嘆了口氣，在沙發床上翻身，卻發現自己頭下腳上，一如往常地沒在尊重腳下的枕頭。

她意思意思地調整了下姿勢，重新回到正確的睡姿。但在此時，她瞥見星空床上少了一個人。

太暗了，看不清楚是誰。

艾薇默默地爬起來，猶豫了一下，最後還是小心翼翼地走出了車廂。

露營車外是一片茂密的草地，一眼望去，裹著溫柔月色的草木隱約透出微藍的光，彷彿走進了一片藍綠色海洋。

她往前走了幾步，在一棵枝葉稀疏的矮樹下見到了那人的身影。

「……你怎麼還沒睡？」她出聲。

銀髮少年回過頭，月光傾落在他淡雅的五官上，像一幅只有夜晚能見的畫。他一言不發地拍了拍身旁的草地，艾薇從善如流地坐下，跟著他一起抬頭望天。

多年前，他們也一起看過銀色的月亮。

現在它仍在那裡，他們也仍在這裡。

「大概跟妳一樣，睡不著。」他慢了好幾拍才回。

「你是不是很淺眠？」

「嗯，而且那傢伙還會踢人。」

喔，是在說狄爾啊。艾薇本來想笑，但又驚覺自己的睡相好像更差。

「你踢回去就好了，反正他很好入睡。」

「等一下有這個打算。」

兩人相視一笑，不約而同地想起狄爾罵人的樣子。

「對了，你聽過你爺爺的事嗎？我很好奇他為什麼要把信物送回瓦爾克村。」

對艾薇來說，那個信物就是個普通的樹枝而已。但上次聽老闆說，信物對瓦爾克村來說好像非常重要。既然很重要，為什麼還要叫他們這些小孩幫忙送去？都不怕弄丟嗎？

「我覺得，我爸只是想給我們一個畢業旅行。畢竟學校的畢旅太貴，你們都沒有報名，不是嗎？」

艾薇愣了愣，這才想起好像有這回事。

他們讀的是貴族高中，當然也有所謂的畢業旅行。但報名費實在太貴，育幼院出身的孩子基本上都沒辦法去。

其瑟是例外，但他一個人去也很無聊，就沒報名了。

「對耶！你爸真的好貼心喔。」

其瑟勾起嘴角，淺淺地抿了一下脣。他喜歡艾薇稱讚父親，但又有點難為情。

艾薇發現他的心情，想起他曾說過的家庭狀況，有感而發地說：「我覺得……老闆一定非常愛你，要相信這一點喔。」

「……」

她接二連三地觸碰他的心弦，他不禁溫柔地望向她的眼睛。她的「鍾情」始終對他無效，他卻歲歲年年地貪圖著她眼底的光。

有個祕密，他一直沒能確認。

但此刻望著她的眼睛，過往的時光緩緩地凝結成了一個答案——

糟了，他是真的喜歡她。

更糟的是，他不知道她比較喜歡誰。

她的眼裡……會有答案嗎？可是，他不確定自己是否真的想知道答案。

其瑟別開視線，說起了另一件事：「其實，我爺爺是外國人。」

「咦？那你是混血兒？」她恍然大悟，「難怪你長得那麼……」

「不。」

他的祕密很多，這又是另一個祕密。

「不是？」她有點聽不懂。

「奧斯汀不是我的親生爸爸。我跟你們一樣，都是孤兒。」

在交付祕密的夜晚裡，少年又把一個「心」的碎片交給了她。她緩緩地睜大眼，未知的思緒在眸中輕輕流轉。

他不清楚她怎麼想的，但在這一夜，那不是重點。

其瑟從口袋中掏出一朵小白花。那是他剛才在附近摘下的，一見到它，就想到了她。

「花？」

「嗯，送妳。」

少年的嗓音幽沉，卻慵懶柔軟。她小心翼翼地接下花朵，眼裡的水光閃閃發亮。

「謝謝，這是我第一次收到花。」

他輕笑，「巴奈特不是送過妳？」

「啊……別提那傢伙了，而且，我沒收下的話就不算。唉，現在想想，應該叫狄爾多潑他幾瓶水的。」

其瑟看她樂呵呵地把玩小花，嘴裡卻提起另一個男人。

他的雙眸染上暮色，包含深埋在胸腔的嫉妒。他忽然將她手上的那朵花取回，艾薇愣了一下，不解地望著他。

「我也是第一次送花，而且，大概只會送給妳。」

話音剛落，他便伸手捏住她的下巴，將她的臉扳正。她微微驚訝，下意識往後縮，卻發現自己離不開他的掌心。

其瑟的力氣很大，她是第一次知道。

他的另一隻手緩緩地探向她的長髮，一眨眼，那朵小花已經安穩地待在她的頭髮上，彷彿那是最適合它的位置。

「……妳很好看。」

執拗的少年低聲輕笑。他的指尖微燙，滿溢著占有。

——只送給妳，只屬於妳。

——但妳的目光，也能如此看我嗎？

艾薇安靜地望著他陰暗的眼色，猶如陷阱，猶如一處瀰漫著甜膩空氣的迷霧沼澤。

金髮少女安靜地躺在沙發床上，任憑紛亂的思緒糾纏著她。
好多年了，難解的習題未曾梳理。
好多年了，祕密不再是祕密，逃避不再是解藥——
她抬起手背，想起青澀如雨的吻。
她撫摸著臉，想起晦暗執著的目光。
這麼多年了，那或許……都是她的錯。

「靠！是誰把這麼娘的花放在我頭上！」
一大清早，橘髮少年的狂暴噪音響徹天際。身旁的銀髮少年被他吵醒，冷冰冰地睜開雙眼。
花？
喔，對了，他昨天送給了艾薇一朵花。
但他沒說的是，他其實總共摘了兩朵。為了噁心狄爾，特地留了一朵在他頭上。
沒想到，竟然讓那傢伙變成了可恨的鬧鐘……
其瑟忍住想踹他下床的衝動，不爽地坐起身。
「可以控制一下音量嗎？野蠻人。」
「靠，一定是你放的對不對？不要擺那麼娘的東西在我身上，很噁！」狄爾也坐起身，不爽地瞪他。

「還敢說你懂時尚，連朵花都接受不了。」

「再怎樣也比你懂！」

兩人吵得沒完沒了，又是個一如往常的日子。但有些怪異的是，這次沒人阻止他們。

狄爾和其瑟對看一眼，十分默契地安靜了五秒。五秒後，兩人同時望向底下的沙發床。

空無一人。

「艾薇？」

「金毛小鳥？」

一分鐘後，兩人不死心地衝出車外，在露營車附近尋找她的蹤跡。但綠草如茵、天色透白，荒野一望無際——

這鬼地方，哪裡還有金髮少女的影子？

金髮少女沿著杳無人煙的土石路走，不時往回張望，確認著來時的路。

她太突然起床，一頭長髮都還來不及綁，只好像小學時期那樣，一邊走一邊捧著金髮。這附近一棟建築都沒有，狂風颯颯，吹得她手忙腳亂。

在這種狀況下，她居然還要分心盯緊眼前的身影。

「喂！弟弟，你確定你的錢包掉在這附近嗎？」艾薇拉高嗓音朝前方喊。
戴著鴨舌帽的小男孩隨意地踢走腳下的小石子，在艾薇慌亂的注視下回身。
「嗯！還是姊姊妳要先回去？」
「唔……都答應你要幫忙找錢包了，應該不會太遠吧？」
她猶疑地往回看了一眼。露營車已經遠到看不見了，幸好這條石子路只有一個方向。
狄爾和其瑟應該沒那麼早起床，不會發現她突然消失了。不過，她覺得還是要跟他們說一聲比較好。
她拿出剛才匆忙塞在口袋裡的手機，發現小男孩正盯著自己瞧。
她這才想到要多問一點資訊，「弟弟，你知道這條路是什麼路嗎？你住哪裡呀？」
「不知道耶。」
「哪個不知道？」
「都不知道。」
「……」艾薇啞口無言。
她很少遇到比自己更「天兵」的傢伙，也開始有點後悔從露營車裡出來了。
沒辦法，這傢伙天都還沒亮就不停死命地敲著車窗，把睡在沙發床上的她吵醒了。應該說，那時候她也還沒睡著——半夜和其瑟在外面聊了一會兒之後，她的回籠覺並不算順利。
但其瑟好像睡得很熟，沒被敲窗的聲音吵醒；狄爾更是不用說，睡眠品質好得很。

只能由她這個衰鬼滿頭亂髮地走出露營車看看到底是怎麼回事。沒想到，她竟在荒郊野外撞見一個弄丟錢包的小鬼頭。

「那你為什麼這時間還在外面？現在才……」艾薇看了一眼手機上的時間，差點崩潰，「六點？才六點耶！為什麼你不回家睡覺？」

小男孩似乎是第一次遇到這麼不像姊姊的「姊姊」，站在原地疑惑地望著她。

「睡不著，所以出來玩。」他把另一顆石子踢得老遠，目光又投向她的手機。

是啦，這個年紀的孩子是有可能對手機很好奇。艾薇回想起九歲的時候，她連平板都沒玩過，更別說擁有一臺專屬的手機了。說起來，這支手機是老闆送她的國中畢業禮物，雖然每個總院的孩子都有，但她也是很珍惜的。

對了，這傢伙連手機都沒有，還從家裡跑出來亂晃，他爸媽沒有發現嗎？還是他跟自己一樣是孤兒？不過，她昨天沒在地圖上看見附近有任何育幼院啊。

有太多問題待解答，但她只想問最重要的那個，「你找到錢包之後要怎麼回家？」

小男孩搖了搖頭。

「……你幾歲？」

「十歲。」

還好不是連年紀都不知道。她繼續問：「你帶錢包出來幹嘛？這附近有店嗎？」

他點了點頭，「嗯！我家旁邊，有超商。」

所以，他到底為什麼自己跑了這麼遠，跑到這樣的荒郊野外來？艾薇甚至已經做好要帶他回露營車的打算。她也不算特別熱心，很多時候連自己都照顧不來，但把一個小孩子丟在野外還是有損良心。

「那你看得懂地圖嗎？」艾薇打開手機裡的地圖，卻發現附近的訊號不太好。

算了，還是先想辦法留言給那兩人好了。

艾薇正準備傳訊息到群組，但男孩的臉湊過來看手機，似乎是想幫忙看地圖。

「弟弟，這邊好像沒什麼訊號，地圖不能看，訊息也不一定能傳出去，但我試試看喔。」

「……姊姊，妳的頭髮好長。」

小男孩的嗓音聽起來似乎很羨慕。哇，難不成他也想留長髮？

「我可以摸嗎？」他好奇地問。

唔，雖然艾薇不怎麼樂意，但看在他才十歲的份上，她還是點頭了。

「頭上有小花！」他又說。

艾薇愣了一下，想起昨晚其瑟放在自己頭上的白色小花。對，就算去睡了回籠覺，她也沒有把那朵花拿下來。

總覺得其瑟會不高興。

相識了那麼多年，她其實也隱約感覺得到他深藏在內心的「某一面」。但他不曾表現出來，她也就沒特別在意。只是，昨天……

「長頭髮！好漂亮！」

小男孩笑呵呵地把玩她的金色髮尾，興奮的聲音打斷了她的思緒。她再度拿起手機，想盡辦法把訊息傳給正在呼呼大睡的那兩人，卻徒勞無功。

「怎麼就是傳不出去？啊，那裡好像有房子，說不定會有網路？」艾薇遠遠地看見前方的平房。說平房也不對，看起來比較像倉庫。

「喔！姊姊，那裡有我認識的哥哥。」

「嗯？」

她愣了一下，見他蹦蹦跳跳地丟下自己的寶貝金髮，往前邁開又短又小的步伐。她連忙挽好頭髮，免得它們沾到泥地。

「嘿！你要去哪裡？喂！」

艾薇「咚咚咚」地在狂風中跟上，隨著小男孩一起踏入鐵皮屋倉庫外的圍欄。才剛進去，她便見到一群少年隨意地蹲坐在地上，說著口音很重的方言，三三兩兩地聊著天。周圍散落少許菸蒂及空酒瓶，空氣中瀰漫著難聞的菸味，讓艾薇下意識屏住呼吸。

她警戒地停下腳步，伸手拉住男孩。

少年們注意到有人來了，紛紛散漫地抬頭。一見到她的樣子，有人露出疑惑的表情，也有人面露嗤笑。

「哪來的妹子？那頭髮是怎樣？」

「很可愛嘛！老大的妹嗎？」

「怎麼可能，他喜歡短髮……嗯？裴吉小弟？」

有人似乎認出了戴鴨舌帽的小男孩。艾薇困惑地看了他一眼，男孩卻在此時伸手搶走她的手機！

「咦？喂！還我！」

她來不及撈回他，只能眼睜睜地看他如風一樣跑到嘴裡叼菸的少年身邊。長相兇惡的少年神情自然地接下手機，把玩了幾秒，才捻熄手中的菸。

「裴吉小弟，不是叫你找有錢人來嗎？雖然……嗯，妹子是挺可愛的。」少年看了艾薇一眼，似乎仍不滿意，「但這臺手機這麼舊，一看就不是有錢人，我們能從她身上撈到什麼？」

聽見此話，艾薇才驚覺中計！小男孩根本是這群不良少年的同伙，目的是想要搶她身上的錢！

而、而且居然嫌她的手機舊！

「姊姊有一臺好大的車！白色的，很漂亮。」沒想到，小男孩竟然還爆她的料。

艾薇忍不住出聲，「喂，你怎麼可以……」

「喔？停在附近是嗎？」少年似乎有點興趣了，「妹子，不如妳識相一點把鑰匙給我？我保證大家不會動妳一根寒毛，如何？」

「我、我……」

艾薇第一次遇到這種情況，整個人都傻了。她下意識往後退一步，沒想到身後還有其他人。其中一個平頭少年抓住她的手腕，力道大得讓她慘叫一聲。

「喂，保羅你小力點吧！沒交過女友嗎？妹子跟棉花一樣容易碎啊。」少年居然還笑著揮了揮手，

「老大不喜歡打女人，你忘了？」

「二哥，抱歉。」保羅訥訥地回應。

隨後，保羅不知道從哪裡掏出一副生鏽的手銬，將艾薇的雙手銬在背後。這時，她才有了被挾持的實感。

怎麼辦？狄爾、其瑟……你們在哪裡？

她的臉緊張地揪成一團，此時，被稱為二哥的少年朝艾薇走近，仔細地端詳著她透亮卻不安的小臉。

「妹子，不用怕，我們也沒那麼壞，只是缺錢想跟妳借一點。」見艾薇沒有回應，他感到有趣地說：「奇怪，看起來像有錢人家的小姐，怎麼拿那麼舊的手機？難道家教很嚴？」

艾薇當然還是沒回答他，緊縮的身子頻頻顫抖。看她那麼害怕，二哥無奈地嘆了口氣。

「這麼膽小？沒遇過壞人？好吧，可能是都市來的。妹子，快把鑰匙給我，我就放妳走。妳也別想著要求救，這裡是三不管地帶，手機訊號也不好，沒人會發現妳。」

「鑰匙……不在我身上……」她總算擠出一句話。

二哥挑了挑眉，似乎正在判斷這句話的真實性。

艾薇怕他搜身，連忙說：「是真的！我、我把鑰匙放在車上了。」

她說的是實話，鑰匙一向由其瑟保管。但此話一出，她又擔心會害到那兩人。

不對，她應該想辦法找狄爾和其瑟求救才是，只要帶著這些壞蛋去露營車那裡就好了。可是，他們會不會打不過這些人？會不會受傷？
思緒千迴百轉，正當艾薇的腦子快要燒壞時，她再度對上二哥那雙神祕難猜的黑眸。
咦？咦？對了！她還有超能力啊！
艾薇靈光一閃，即刻發動「鍾情」，二哥卻正好在此時起身，完美迴避了她的金色魔法。
「唉，都市來的妹子嚇死了，先讓她去倉庫冷靜一下吧。等老大回來再問她，他比較會把妹。」
「二哥，那手機呢？」
「等妹子給車鑰匙再還她。」二哥背對他們，隨意地揮了揮手。
後來，艾薇連魔法都來不及施放，就被名叫保羅的小弟扔進了一個黑暗的小倉庫。裡面倒是有張小椅子，環境不算太差。
但，她的手被手銬鎖住了，怎麼用力都掙脫不開。
艾薇懊惱地坐在椅子上。
「我太蠢了……」她怎麼會忘了自己有超能力？
黑暗中，少女動也不動地注視著緊閉的倉庫門。她的金色髮尾早已沾染到泥地上的髒汙，像她此刻的神情一樣灰暗。
好害怕。
該怎麼逃？還有機會用超能力嗎？
她會不會又搞砸？

少女的眼眶逐漸凝聚水氣，後知後覺地感受到手腕上的疼痛。忽然，恐懼從胸腔蔓延至全身，使她雙腿脫力、指尖顫抖。

即使害怕那兩人會有受傷的可能，她仍舊希望狄爾和其瑟能出現在眼前，溫柔地說聲「沒事了」，並對她投以一如往常的笑容。

紛亂的思緒與痛苦凝成了淚珠，從她緊繃的臉龐滑落。

她已經……開始想念那兩人了。

她看起來並不怕我。即使我不是她想像的那樣，她也情願溫柔。

——其瑟

章八

無理三角形

艾薇就那樣在陰暗的倉庫中待了一陣子。

她的手機不在身邊，也不清楚現在幾點了。偶爾她會起來察看一下倉庫的門，但門鎖得很緊，更何況她的手還被手銬鎖在背後。

肚子好像有點餓，說不定已經七、八點了……

艾薇覺得自己滿好笑的，這種時候還會餓。但這個念頭才剛出現，她便又沮喪地靠到椅背上。餓不餓重要嗎？育幼院外的世界這麼可怕。

她確實有聽說過某些窮鄉僻壤盛行搶劫，但真的沒想過連小孩子都會是同伙。十歲？十歲的她，還在育幼院裡到處惡作劇呢！

艾薇萬念俱灰，直到灰暗的小倉庫迎來猶如曙光的一道縫隙。她緊張地坐直身子，沒想到探進門的是一顆戴著藍色鴨舌帽的頭。

「姊姊？」騙了她的小男孩居然露出天真無邪的眼神。

「你……」

艾薇不知道該罵他還是怎樣，她本來就不擅長罵人。重點是，他來這裡幹嘛？帶她出去見那些可怕的傢伙嗎？

「妳要喝紅茶嗎？」他手上拿著鋁箔包飲料。

她有點莫名其妙，「我沒有手喝。」

「我可以幫妳。」說完，他蹦蹦跳跳地鑽進來，連門都沒關。

透過照進來的光，艾薇能勉強看見他臉上的表情。他似乎一點都不覺得他幹了壞事，極其自然地將吸管插入鋁箔包，湊到艾薇嘴邊。

能喝嗎？這應該不會有毒吧……

「這是從哥哥的冰箱拿的，他們說妳可能會口渴。」他晃了晃手中的飲料。

確實是有點渴了。艾薇盯著他的臉幾秒，試圖在臉上堆起親切的微笑，「姊姊的手很痛，你可以幫我解開嗎？」

「我沒有鑰匙。」他搖頭，「姊姊，妳不是有鑰匙嗎？白色車子的。」

是來勸她交出車鑰匙的嗎？

她不自覺地嘆口氣，「弟弟……車子不是我的，而且買一臺車要很多錢，不能隨便送人。」

「嗯，但是姊姊以後能再賺錢。」

「呃……」好理直氣壯！那他們為什麼不自己賺！

名叫裴吉的小男孩把吸管再一次湊到她嘴邊，「姊姊，妳喝吧，哥哥沒有那麼壞，不會對妳怎樣。」

「那他們為什麼不放我走？」

「因為……他們需要錢，我也需要。」

「你？」她愣了愣，都還沒搞懂他的意思，門外便在此時傳來數聲咆哮和慘叫。

裴吉似乎嚇了一跳，馬上衝過去把門打開，強烈的陽光如同金色河流，瞬間漲滿整間小倉庫。艾薇匆匆起身，瞇著眼往外看，依稀看見了一抹到處飛竄的橘色身影。

狄爾？那是狄爾嗎？

她瞬間被尚未確認的狂喜淹沒，正要出去，便被一堵雪色的牆擋住了去路。

「艾薇！妳沒事吧？」

熟悉的低沉嗓音流溢耳畔，她驚喜地抬頭，對上其瑟那雙焦急的目光。

啊，原來他也有那種表情……

「我沒事，只是……」她情緒上湧，擠出了一抹飽含淚意的笑，「能看到你們真的太好了。」

其瑟靜靜地看了她兩秒，面露不捨。片刻後，他將她從頭到腳看了一遍，很快就發現她手腕上的枷鎖。

「鑰匙好像在那些傢伙的身上。」她抬眼看其瑟，竟覺得他的眼色有點異常，不如平時冷淡，反倒滿溢著某種躁動。

「……跟我走。」他低聲說。

其瑟扶著她的腰前進，艾薇回頭一看，早就沒看見裴吉的身影。

此時，狄爾凶狠的咆哮聲刺穿她耳膜，她往最「熱鬧」的地方望去，果然見到力大無窮的狄爾一腳把某人踩在腳下的威風模樣。仔細一看，好像是那個叫「二哥」的不良少年。

她雖然不贊成暴力，但有種莫名的爽快感。完蛋了，她被狄爾影響了嗎？

「艾薇！」沒想到狄爾先發現她。

他一個箭步衝來，像其瑟那樣把她從頭到腳看了一遍。艾薇對他笑了笑，說自己沒事。

「說什麼傻話，妳當然會沒事……嘖，沒事幹嘛亂跑啊?我們找妳找得快瘋了!」狄爾的心裡有一堆話想說，但似乎又及時察覺了自己的刻薄，連忙止住聲音。他嘆口氣，溫柔地揉了揉她的頭髮。「算了，沒事就好。喂!那些爛人應該沒對妳做什麼吧?」

艾薇都還沒回答，其瑟的冷嗓便先響起。

「沒有，我讀過了。」

艾薇回頭，見其瑟已經站在二哥身邊，目光冰冷。狄爾也望過去，皺眉瞪著躺在地上哀號的不良少年。

「媽的……你怎麼回事，這麼能打?下手也太重……」

「靠，你還有臉抱怨下手太重?擄走她的時候怎麼不檢討自己多爛?」狄爾不爽地狂罵。

「我們沒擄人，是她自己……靠!你要幹嘛?」

二哥發出驚恐的呼喊聲。艾薇一驚，發現其瑟居然撿起地上的空酒瓶，目光森寒地走向躺在地上的少年。

「其瑟那小子想幹嘛?」狄爾目瞪口呆。

「等等!其瑟?喂!」艾薇腦袋一空，焦急萬分地朝其瑟衝過去。「不、不行!」

驚悚的碎裂聲響徹天際，躺在周圍的小弟們紛紛震驚地往二哥和其瑟的方向看。艾薇更是嚇傻了，一動也不動地站在其瑟身邊。

「靠……瘋子……」被砸成一半的空酒瓶就落在自己耳邊不到十公分的距離，即使是成天打架的不良少年也差點嚇出尿來。二哥不由自主地顫抖，呆滯地望向兩眼漆黑的銀髮少年。

「要是你碰過艾薇一根手指頭，我會殺了你。」其瑟在二哥的身邊蹲下，語調陰狠地說。

「我沒有……靠，我、我們兄弟不會做那種骯髒事！」

「其瑟，他真的沒有！夠了，真的。」艾薇連忙蹲到其瑟身邊，深怕他又做出什麼可怕的事。

其瑟轉頭看她，陰暗的目色終於撥雲見日。他扶著她起身，見到她沾染髒汙的髮尾和裙襬，心臟一疼。

他本想馬上幫她找出手銬鑰匙，卻在此時望見艾薇頭上的白色小花。它還在那裡，不曾被她拿下。一瞬間，找不著她的強烈恐懼席捲而來。

「其……唔。」艾薇驚呼一聲。

她落入了一個懷抱裡。銀髮少年緊緊地擁著她，雙臂環住她的金髮、纖腰，也差點鎖住她的呼吸。他的力氣很大，捆得她無法動彈。

「……抱歉，那麼晚才找到妳。」

他的嗓音埋在她的髮間，只有她能聽見。

她感覺到其瑟的不安，因此並沒有掙脫。她只是安靜地待在他懷裡，任由心跳逐漸加速，臉頰染上微紅。

躺在地上的不良少年看得一愣一愣。這三人的關係他看不太懂，但身邊有這兩個護花使者，難怪金髮妹像富家千金一樣不諳世事……

這時，他被人一巴掌拍了額頭。

「看什麼看？把手銬的鑰匙拿來！」狄爾惡聲惡氣地說。

狄爾沒有回頭看那兩人，只因為不需要。他知道自己有多不爽，但他選擇無視。在這世界上，只有他和其瑟是全心全意地關心著艾薇。

因此，他今天或許能忍下這根刺。

「喂！保羅，快把鑰匙和手機給他們。」二哥趁這時起身，踉蹌地走向躺在附近的平頭少年。

拿到鑰匙和手機後，其瑟也放開了艾薇。狄爾把她的手銬解開，讓她終於重獲自由。

「怎麼樣？金毛小鳥，要我再揍他們一頓嗎？」

狄爾握緊拳頭，望向連滾帶爬地跑回倉庫的少年們。艾薇抓了抓臉，輕輕搖頭。

「算了啦！其實他們也沒做什麼，只是想搶我的錢而已，沒想到我很窮，哈哈……哈。」她的笑聲蒼白無力。

「啊？」狄爾傻眼。

「妳是怎麼被抓的？」其瑟問她。

艾薇往四周看了幾眼，沒發現裴吉的身影。「我早上遇到一個弟弟來敲車窗，說他錢包掉了，才想說出去幫他找一下……唉，說來話長，回車上再講好了。」

「靠，該不會是鬼……」

「不是啦！那些傢伙也有看到他！但他跑了。」

其瑟低聲催促，「先回去吧。」

「嗯。」艾薇點了點頭，轉身往圍欄外走去。

「啊，忘了消除他們的記憶。」狄爾忽然說。

三人轉頭，那群壞傢伙已經跑得不見蹤影，看來是躲進倉庫了。

「沒差，他們也不敢報警。」其瑟冷冷地說。

「……所以你才拿酒瓶砸人？」

「你哪隻眼睛看到我砸他？」

艾薇放慢腳步，看那兩人悶聲鬥嘴，忍不住想起剛才的可怕場景……她覺得，其瑟的眼神明明就滿滿殺意！

她心有餘悸地抖了抖肩。

露營車上只有吹風機轟鳴的聲音，密閉的空間盡是洗髮精的淡淡香氣。狄爾專注地替少女吹乾那一頭金色長髮，見她不如平時那樣在空中晃動雙腿，而是乖巧地坐在沙發床上，不免有點感嘆。

金毛小鳥天不怕地不怕，但這次是真的嚇到了啊。

狄爾關掉吹風機，隨意用手順了順她柔軟的髮絲。艾薇回頭看他，輕輕地笑。

「謝啦！」

「謝什麼？看妳那麼睏，自己吹頭髮不知道要多久。等等我們找路線，妳就睡一下吧。」

「我是有點累，但不睏。」

「說這什麼難懂的話？」狄爾不禁發笑。

這時其瑟從儲水桶裝了一杯水過來，遞給艾薇。她咕嚕嚕地喝了不少，喝完對上他們的目光。

「你們是怎麼找到我的？」

雖說這附近就只有一條路，但她人被關起來了，就算經過倉庫也不會想到她被困在那裡吧。

狄爾看了其瑟一眼，先開口：「我們在附近繞了一陣子，一開始還走反方向，但……」

「我不小心碰到樹枝，腦中突然出現一個畫面。」其瑟接話道。

「樹枝？」她一臉疑惑。

「嗯，信物。」其瑟想起早上的事。

那時的他心思焦慮，開著露營車到處找人卻徒勞無功，拿手機的時候不小心把放在車窗前的樹枝信物碰掉了。也就是在那瞬間，他從信物上感知到一個畫面——艾薇被困在一個狹小的倉庫中，神情恐懼。

他把情報告訴狄爾，兩人這才順利找到鐵皮屋倉庫。

「後來，我看到那流氓的手裡拿著妳的手機，二話不說就開揍了。」狄爾扳了扳手指。

「他們被你打成那樣，你比較像流氓吧……」

「喂！金毛小鳥，妳沒事幹嘛學其瑟那小子毒舌？」狄爾彈了一下她的額頭。
「哇啊！」
「……代表那是事實。」其瑟冷冷地幫腔。
「你才流氓吧？拿酒瓶砸人耶！」
兩人又鬥了一陣子，艾薇才若有所思地插話：「其瑟，你的讀心術升級了嗎？連物品的『心』都能讀了。」
「不知道。」其瑟聳肩，「說不定信物是特殊的。」
「特殊？那東西有什麼特別的？」狄爾不解地問。
「誰知道。」
「啊，可能因為它是聖物吧！這種東西說不定會有自己的記憶？」艾薇發揮想像力，卻換來狄爾的白眼。
「妳倒是很會編故事。」
「才不是——」
「不過，就算它有記憶好了，妳下車的時候也沒帶著它，它怎麼會知道妳被關在哪裡？」其瑟抓住了重點。
艾薇和狄爾對看一眼，不明所以地聳了聳肩。後來，艾薇思考著信物的模樣，又丟出了另一個猜測。
「說不定它能許願。」

更荒謬了，不過，他們沒打斷她。

「可能你們很想找到我，所以它實現了願望。」說完，艾薇不好意思地抬頭笑了笑。

相同的心思在少年之間流轉，他們安靜地凝視著她。幸好，她完好無缺地坐在這裡。

幸好，還能聽見她的聲音。

「金毛小鳥，以後別亂跑了。」狄爾揉了揉她的頭髮。

「嗯……抱歉，我應該找機會對他們用超能力的，這樣就不會被關了。」

「靠，妳別挑戰那些人的道德底線吧？妳要是對他們用『鍾情』才會出大事！」

「是、是這樣嗎？」說不定她慢半拍的反應還真救了自己一回。

狄爾嘖了一聲，「反正妳也不用道歉啦，下次別亂跑就好。」

艾薇點頭，又望向其瑟，對方的嘴角微微上揚，是讓人安心的面容。

兩人都看著她，而她的胸腔滿懷熱流，只有衷心感謝。

「……謝謝你們找到我。」

半小時後，三人如願踏上了往華德鎮的路。艾薇毫無睡意，因此自願坐在其瑟身旁看地圖。其瑟的開車技術還不錯，怕的只是他迷路。幸好艾薇不是路痴，可以和狄爾輪流找路。

不過，在距離華德鎮僅十分鐘路程時，艾薇忽然在路上見到了一抹熟悉的單薄身影。

「咦？那是……」

「誰？」其瑟分神看了她一眼。

「那、那個騙我去倉庫的小弟弟！」艾薇指著那個身影大叫。

後座的狄爾也聽見了，他放下手機，走到前後打通的車窗前。

「哦？就是那個兔崽子？」他不爽地問。

小男孩的身形比一般同年紀的還瘦小，頭上依然是那頂鴨舌帽。看來他還沒回家，而且很有可能就住在華德鎮裡。

「嗯，他好像叫裘吉。」艾薇不安地看了狄爾一眼。她覺得狄爾看起來很想揍人，但那傢伙再怎麼可惡也只是個孩子啊。

左思右想，她望向其瑟，想叫他直接開往華德鎮——

其瑟的眼睛燃燒著黑色火焰。

「……」完了完了。

不出艾薇所料，一分鐘後，露營車在路邊停下，她眼睜睜地望著兩個流氓「溫柔」地把裘吉小弟請上了車。奇怪的是，裘吉一點也不害怕，反倒很開心能上車觀光。

但兩個高大的少年陰森森地瞪著死小孩，看得連艾薇都有點毛。

「咳！裘吉，你為什麼還不回家？」她不知道該怎麼開啟話題，只好先隨便問。

不過，她也很好奇這件事。

「喔，因為我……」

「這重要嗎？」狄爾忍不住插了嘴，「喂！小鬼，你小小年紀，好的不學，跟著那些流氓幹嘛？」

「我沒有跟著哥哥他們。」裴吉迴避他的目光，一屁股坐在艾薇身邊。

「那不然？」

裴吉似乎不喜歡他的口氣，好一陣子都不說話。狄爾被搞得快沒耐心，正想出言嚇嚇他，但艾薇在此時揮手制止。

「弟弟，我們只是想知道你幹嘛幫忙做壞事？你說你缺錢是什麼意思？你爸媽沒來找你回去嗎？」

艾薇一連丟出好幾個問題。裴吉看了看她的臉，又望向她的長髮，骨碌碌的雙眸看不出來在想什麼。

「……因為哥哥說，要是我幫忙找人，他們就會買遊戲機給我。」

啊？這麼簡單粗暴的原因？

艾薇目瞪口呆，「找、找人的意思是像我這種？」

「他們說要落單的人，還要看起來很有錢。」

「我看起來很有錢？」艾薇指著自己。

裴吉無情地搖搖頭，「但姊姊有大車子。」

「……」她覺得自己又被嗆了。

狄爾看不下去，湊近男孩的臉開罵：「小鬼，就算想要遊戲機，你也不能做這種事！這是犯法的你知道嗎？如果我們告訴警察，你就會被抓走！」

「還會被關。」其瑟冷冷地補充，「監獄裡面有很多比你更壞的人，會把你剁成好幾塊。」

其、其瑟啊……

裴吉怯生生地躲到艾薇後面，而艾薇無奈地嘆了口氣。

「反正，弟弟你要遊戲機的話，就去問爸媽能不能買給你，不可以做壞事喔。你住哪裡？我們送你回去。」

兩個男人本來還想再說點什麼，但看艾薇已經累了，便作罷。

可惜，裴吉並未說出住家地址，看起來一點都不想回去。狄爾等得不耐煩了，提議把他趕下車，讓他自己回去。

「他都能自己走那麼遠了，肯定知道路，妳就不用瞎操心了。」

「裴吉，你知道怎麼走嗎？」艾薇回頭問他。

裴吉點點頭。唉，果然他說不知道路是騙她的。

艾薇只好打開車門讓他下車。望著風中那抹瘦弱的背影，艾薇又勸了他一句，當作祝福。

「要是爸媽不買給你，也別怪他們喔！賺錢很辛苦。等你長大，就可以自己賺錢買了。」

這大概是身在育幼院的體悟。他們現在擁有的所有財產，都是育幼院無條件給他們的。

老闆沒想過要他們回報，就那樣養大了無數孩子，對此她一向很感恩。

裴吉沒有回應她，卻走得慢了一點。狄爾拉住她的手腕，安撫道：「妳不用擔心他啦，那傢伙能安全回家的，天都這麼亮了。不然，妳問看看其瑟要不要讀一下他家地址？」

「不想。」其瑟秒答。

「看吧，冰塊宅也不想。走啦！」

艾薇點了點頭，正要上車，卻見裴吉緩緩地轉身面對她。他似乎又看了她的金色長髮一眼，而後落寞地低下小小的臉蛋。

「……可是，我不會長大了。」

她愣了愣，還在思考這句話的意義。此時大風吹來，恰好帶走了他的海藍色帽子。

藍色的帽子飛上天空，映入艾薇眼底的，是他毫無毛髮的光滑頭頂。

「裴吉，你……」

自由翱翔的藍，失去夢想的困獸。

原來，那是他渴望心愛之物的原因。

「您好，打擾了！」

華德鎮中，一處不起眼的平房門口，艾薇一行人望著緊閉的陳舊木門緩緩被人推開。一名約莫三十幾歲的少婦從門內探頭出來，在見到艾薇身邊的裘吉時，露出了失而復得的笑容。

「裘吉！你又跑去哪裡了……來，媽媽看看。」

少婦將男孩抱在懷裡，隨後匆匆地檢查了一下他的狀況，才感激地望向艾薇他們。

「謝謝你們啊！這孩子老是愛亂跑，孩子的爸已經在外面找人了，我一會兒打通電話給他。」

看來裘吉不是第一次從家裡溜出來了。也對，畢竟他還認識了那些流氓。

艾薇不敢跟眼前的少婦說他勾結不良少年的事，只是默默地觀察兩人的互動。看得出來，少婦好像非常疼愛孩子，但裘吉的表情顯得有點心不在焉。

而且，少婦也有一頭及腰的金髮，說不定裘吉的髮色也是一樣的。難怪，裘吉總是一直盯著自己的頭髮看，說不定他很羨慕吧……

狄爾看見艾薇的表情，隨手摸了摸她的後腦，「這下可以放心了吧？幸好最後他主動跟我們說住址了，不然也只能讓他一個人回來。」

「我可以用讀心術。」其瑟低聲說。

「哼，你明明說過不想。」

「……你就想嗎？」

艾薇沒理會那兩人，逕自往前一步靠近少婦和裘吉。「裘吉小弟，要多多照顧自己的身體喔。那我們先走啦！」

裘吉拉了一下被狄爾撿回來的藍色帽子，露出有點彆扭的表情。少婦看了看他，心領神會地說：

「妹妹，你們要不要留下來吃午餐？這孩子在外面那麼久應該也餓了，我正準備做飯呢。」

艾薇愣了愣，回頭看了兩個少年一眼。他們看起來沒什麼意見，因此她便答應了。

兩小時後，艾薇興奮地坐在餐桌前，望著一大桌的鄉村特色料理，口水直流；桌上還有來自華德鎮的特殊釀酒，其瑟好像對它非常有興趣；狄爾則是隨手拿了一個蓬鬆酥脆的麵包，塞在嘴裡吃得津津有味。

裴吉的媽媽看他們吃得很開心，露出欣慰的笑容。

「多吃一點啊，廚房裡還有很多。對了，你們是觀光客嗎？」

艾薇點了點頭，「嗯，我們三個自己出來玩，算是畢業旅行吧！」

「這樣啊，最近觀光客變多了，我常常看到呢。不過我們鎮裡就是一些吃的、喝的比較多，你們要看景點的話，要去附近的荒原。」

荒原？該不會就是他們迷路誤闖的地方吧？

「您是說這附近嗎？」狄爾拿地圖給她確認。

「是啊！這後面有一些黑頭羊和牛群可以看，很多觀光客都會去。除此之外，大概就是鎮上的美食街比較吸引人了。抱歉啊，我們這種小地方其實沒什麼好玩的，年輕人應該還是會想去都市。」

「我們也是來自鄉村啦！雖然離都市很近，但我們也不常去市區。」艾薇看了少年們一眼，毫不介意地笑了笑。

不過，聽裴吉的媽媽一說，艾薇才知道那片荒原其實是著名的景點。只是他們停的地方太前面了，沒看到半隻羊或牛。果然，旅途中的所有意外都是寶藏！

艾薇開心地喝了一口濃湯，安靜地旁聽其他人和裘吉的媽媽說話。後來，坐在艾薇對面的裘吉忽然咳了一聲，臉色看起來不太好。

「怎麼了？」

「媽媽，不舒服。」他摀著嘴巴，聲音有點模糊。

「你們先坐啊。」裘吉的媽媽對他們擠出一抹笑，便扶著小男孩到裡面的廁所去。

裘吉的爸爸這時才從廚房出來，帶著愧疚的笑意說：「別介意啊！我們裘吉生病了，有時候胃口不太好，會想吐。」

那應該是化療的副作用吧？

艾薇的心情有點低落，這時其瑟開口了：「……他常常需要治療嗎？」

他看裘吉的狀況如此，對他還能在外面亂跑這件事感到意外。

「差不多兩週一次，最近又多了其他療程，幾乎天天往醫院跑。裘吉可能是受夠了，有時候會從家裡逃跑，但常常下午就回來了。唉，就算這樣，還是給你們添麻煩了吧？」

何止麻煩，其瑟想起艾薇被抓的事，但又對裘吉的重病感到心情複雜。

「那他會去上學嗎？」艾薇好奇地問。

裘吉的爸爸搖頭，「已經休學一年了，他每天都待在家裡休息。」

「喔……那說不定，他是覺得無聊？可能偶爾想玩一點遊戲……」艾薇轉了轉眼珠子。

狄爾望著艾薇拙劣地暗示，覺得有點好笑。其瑟也發現了，不著痕跡地壓下嘴角。

「遊戲？喔，我有聽他說過遊戲機的事，你們年輕人就是喜歡這種東西吧。」裘吉的爸爸笑了笑，語氣似乎有些無奈，「其實我們一開始也想買給他，但孩子的醫藥費越來越多，實在有點吃不消。唉，為了醫藥費，孩子的媽晚上還去附近的麵包店兼職……」

三人聽他說了一連串裘吉的事，這才了解了他們家的難處。不過，他們還是沒把不良少年的事告訴他爸媽，免得掀起家庭革命。

一直到他們吃完午餐，重新坐上露營車，艾薇都還悶著一張小臉。兩個少年看了看她，多半知道她的心思。

狄爾先起了頭：「要是妳想幫他的話，不然就……」

「幫他買遊戲機？」其瑟平淡地接話。

艾薇眼睛一亮，對上兩人的目光，「你們怎麼知道我的想法？」

「哼，都寫在臉上了。」

「遊戲機有點貴，不過我可以幫忙挑一下CP值比較高的那種。」遊戲大師其瑟說話了。

「我們的旅費買得起嗎？」艾薇期盼地問。

「是買得起，不過……」

帳務大師狄爾打斷了其瑟，示意他先別說那麼多，「那就先去鎮上買吧！這裡的店很早就關了，太晚就沒了。」

「好耶！」

金髮少女手舞足蹈，甚至鑽進廁所換了另一套逛街用的衣服。狄爾和其瑟坐在沙發床上等她，多少帶點不屑地看了對方一眼——

相同的眼神像是在說：哼，你就寵她吧。

當艾薇再度按響裴吉家的門鈴時，她還以為出來迎接他們的人會是裴吉的媽媽。不過，小小的裴吉此時就站在門口，目光似乎在一瞬間被點亮了。笨蛋都看得出來裴吉很喜歡艾薇，尤其是她身後那兩個「艾薇笨蛋」。

「裴吉小弟，我們明天真的要走啦！這是給你的禮物。」艾薇也沒搞神祕，直接把白色的紙袋遞給他。

裴吉恍然地接下，好奇地往袋子裡看一眼。後來，他睜大眼睛，手忙腳亂地把包裝完好的掌上型遊戲機拿出來。

紙袋掉落地面，喚醒他迷惘的思緒。

「姊姊，遊戲機……」

「對喔！」艾薇笑咪咪地回答：「我們想說一般的遊戲機要買遊戲片，也滿貴的，所以就買了這個給你。這臺有很多內建的遊戲，也可以上網找免費的來玩。啊，你們家有網路嗎？」

艾薇滔滔不絕地介紹著從其瑟口中聽來的資訊，沒想到男孩連一句都沒聽進去，大大的雙眸瞪著那臺遊戲機，不出一秒便開始掉淚。

「嗚嗚……嗚嗚嗚嗚啊！」

「咦？咦咦？」艾薇驚訝地張大嘴。

怎、怎麼哭了？小孩子到底有多陰晴不定啊！

本來還在客廳的裘吉媽媽聽見哭聲，匆忙來到玄關，正巧撞見這離奇的一幕。

「呃，我沒有欺負他……」艾薇下意識吐出這句話。

裘吉媽媽一邊拍他的背，一邊望著他手中多出來的東西，好像也明白了事情始末。

「天啊！你們還買這個給他？真、真的不知道要怎麼謝謝你們！老公，這我們不能收吧？」安慰到一半，裘吉的媽媽還回頭看她老公。

裘吉的爸爸連忙走過來，拿走那臺遊戲機，「這個，我們……」

狄爾在這時出聲打斷他們，「收下吧！我們也用不到，那傢伙家裡有更高級的。」

其瑟莫名被嗆，但也沒發火，「嗯，收下吧。」

「對！要保持好心情才能好好治病啊！」艾薇高興地拍了拍裘吉的帽子。

裘吉吸了吸鼻子，從帽簷下露出一雙紅腫的眼。他安靜注視著少女，那頭金髮是他嚮往的，溫柔無邪的笑容是他想再看到的。

「裴吉……唔啊！」
艾薇驚叫一聲，接住朝她撲來的小男孩。男孩已經止住眼淚，但聲音還是黏糊糊的。
「謝謝姊姊……」
「喂！我有說你能抱她嗎？」狄爾忍不住罵人，幸好其瑟把他拉後退一步。
「在大人面前不要那樣。」其瑟冷冰冰地說。
「那你的手倒是小力一點，才有說服力！」狄爾看了看他陰寒的雙眸，感覺自己的骨頭快被他捏碎了。
艾薇笑著拍了拍裴吉的背，小聲地在他耳邊說：「那你要答應我，不可以再跟那些哥哥見面了。要是被我發現，我就沒收你的遊戲機。」
「好。」裴吉放開她，揉了揉眼睛。
「小鬼，這頂帽子送你。」狄爾勉為其難地從包包拿出一頂紅色的潮牌帽子。尺寸很大，似乎是他自己的。
當他套在裴吉的頭上時，尺寸明顯不合。
「哥哥，這是……」裴吉不解地拿下帽子。
「哼，這是我之前買的，沒怎麼戴過。好看吧？等你長大就能戴了。」說完，他悶悶地別過頭。
「這給你，做完治療可以獎勵一下自己。」其瑟也從自己的包包拿出一小袋巧克力。沒記錯的話，那好像是某牌子的限量款。

艾薇記得連他自己吃的時候都會露出心疼的表情……哎呀，這就是其瑟的溫柔啊。

「謝謝哥哥！」裴吉雙眼晶亮地收下兩人的禮物。

後來，他們向感激的一家人道別，正要離去時，裴吉忽然對著她的背影大聲呼喊。

「姊姊，我會努力長大！到、到時候我會娶妳回家！」

一道閃電打斷兩個少年的理智，他們不敢置信地回頭。

「啥？小鬼你說什麼鬼話？你給我過來！」狄爾的額上冒出青筋。

「……還來。」至於其瑟說的是遊戲機還是巧克力就不得而知了。

艾薇笑著把兩人拉走，又一次對裴吉揮了揮手。

晚上，三人在吃飽喝足後回到了露營車上。

艾薇一整個晚上都笑嘻嘻的，笑得連狄爾和其瑟都被感染了好心情。不過，有些殘酷的事實還是得說。

「因為買了禮物給小鬼的關係，我們的旅費少了一大半，接下來可能要省吃儉用了。」狄爾拿出自製的帳本，認真地提醒其他兩人。

艾薇有感而發，「哇，這才第一個星期就要沒錢了……」

「還不是妳想買遊戲機給小鬼，還順便拐走了小鬼的心。嘖，妳真的沒對他用超能力嗎？」狄爾狐疑地問。

「才沒有！」艾薇得意地說：「我這幾天都沒有用超能力喔！」

狄爾思考了下，他也來不及刪掉那群不良少年的記憶。這麼說來，這一趟他只用了「物理攻擊」，沒用到「橘色魔法」呢，哈。

「咦？其瑟好像也沒有用到讀心術耶！這代表我們就算不用超能力，也是有辦法解決事情的。」

其瑟點頭，「如果碰到樹枝那次不算的話，的確是。」

其實他還用讀心術掃過那群不良少年的腦子，看他們有沒有對艾薇做出什麼骯髒事。但那並不影響爛人們躺在地上的結局，所以他就沒特別提了。

「那不算啦！你根本沒主動用！」說完，艾薇靈光一閃，躍躍欲試地望向兩人。「欸，我有個提議。」

「又有什麼鬼點子？」

「……說吧。」

她神祕地勾起嘴角，「到下一個景點的時候，我們暫時都不要使用超能力，怎麼樣？」

狄爾無所謂地說：「那有什麼差別？我們不過當個觀光客，逛完就上車了，哪需要用什麼超能力？除非妳又搞出什麼事。」

「喂——」

「那可不一定。要是你們不想在之後的一個月過得太糟，我提議我們三個去城市打個工。」其瑟忽然說。

打工？艾薇驚奇地望向其瑟。他們三個都沒有打工經驗，他怎麼會有這種想法？

「打工不是都一個月起跳嗎？我不想花那麼多時間在工作上。」狄爾反駁道。

其瑟搖頭，「不，城市裡通常都有一些能讓學生短期打工的工作，尤其現在是暑假，數量更多，認真找應該找得到。」

「哇，其瑟你怎麼知道啊？」

「我媽以前說的，她閒著沒事都會說一些冷知識。」他淡淡地說。

這感覺不算冷知識，不過，艾薇真羨慕他從小就有一個博學的家庭。

啊，對了，其瑟上次說過他也是孤兒……但不管怎樣，被領養就是一家人了，而且，她以後也有機會加入那個家庭吧？

「喔，那就去打工啊。我算了一下，由我們三個平分買遊戲機的錢，應該打工一兩個星期就能補足了。下班後就去城裡玩，好像也沒什麼不行。」狄爾難得贊同其瑟的提議，「不過，具體來說要去哪個城市？」

狄爾雖然嘴上那麼問，但已經拿起手機，迅速地搜索附近的城市。

「要大都市才行，小鎮通常沒什麼工作機會。」其瑟也拿起手機查。

不久後，三人決定了下一個地點——萊城。這個地方和首都差不多繁榮，算是南方第一大都市。

「今天早點睡吧，去萊城的路有點遠。」狄爾特別囑咐了司機其瑟。
「嗯，我先去繳個停車費，順便補水。」其瑟拿走儲備水箱，沒多久便下了車。
艾薇覺得有點口渴，便說：「那我去買個飲料好了！」
「整天喝飲料，都不怕糖尿病。」狄爾蹙眉唸她，「要陪妳去嗎？」
「沒關係啦！飲料店就在那裡，你看。」艾薇指向車窗外。
那間飲料店確實就在一眼能看見的地方。狄爾點頭，總算放心讓她去。
艾薇活蹦亂跳地下了車，到店裡點了三杯飲料，等十分鐘後，才發現自己忘了帶錢包。
「啊，不好意思！我去車上拿一下錢包。」她匆匆向店員道歉，一路飛奔回露營車上。
奇怪的是，她沒看見狄爾的身影。
算了，可能也去買什麼了吧？
艾薇一邊哼歌一邊從包包裡翻出錢包，下車前，她路過衛浴間，忽然想起自己半天都沒上廁所，因而拉開簾子走了進去。
那瞬間，她撞到了一堵肉牆。
「啊！」她摀住額頭，定睛一看。
狄爾也驚訝地望著她。更驚人的是，他他他他沒穿衣服！
「狄、狄爾？」
「妳……突然跑進來幹嘛！」

狄爾臉色微紅，毫無遮蔽的結實胸膛近在眼前。艾薇張口想解釋，卻說不出話。

他似乎剛沖過澡，全身蔓延著誘人的熱氣，透明的水滴沿著他的肌肉線條緩緩滑落，砸在她徬徨的指尖上，提醒著兩人過近的距離。

狄爾望著她慌張的臉，本來想讓她趕緊出去，卻在那瞬間捕捉到她臉龐上的嫣紅色彩。

她也會害羞？

對他……她也會不知所措嗎？

狄爾忽然想到其瑟擁抱她的那一幕。那一刻，她心動了嗎？

壓抑許久的醋意剝奪他的理智，他往前一步，將她困在自己的雙臂之間。艾薇愣了一下，後背貼在沾滿溼氣的牆上。

衛浴間雲霧繚繞，卻擋不住他湊近的臉。熟悉的狂氣面容近在眼前，艾薇漸漸地漲紅了臉。

是青澀相伴的少年，也是索求真心的男人。

「喂，狄爾……」

「怎樣？」他的聲音比平時低啞。

「唔……」

她在狄爾的眼中看見一把醞釀的紅火，無論是什麼，都能在心田燎原。

看她不知所措的樣子，狄爾微微地勾起嘴角。

「艾薇，妳也會害羞嗎？對我？」

他恐怕是第一次這麼直白。他越是想壓抑自己，就越是想起其瑟那副捷足先登的模樣。

可是，艾薇明明什麼也沒有說。他不曾得知過她的心意，其瑟那傢伙也是。既然如此……

「怎麼不說話？」他逼近她，薄唇幾乎要碰上她的臉。

艾薇不曉得他怎麼突然這樣，只覺得腦子快燒壞了。

「你、你幹嘛問奇怪的問題啦！」艾薇被逼得轉開目光，露出泛紅的耳朵。

「……明明遲早要問的。」狄爾斂下眸子，低聲呢喃。

艾薇愣了一下，感覺到他的額頭輕輕地靠在自己的肩上。他的身體很熱，她的臉也是。

紊亂的呼吸持續著。

那是多麼勇敢的一次靠近。

潛藏了數年，不得不直面的——

「喂，其瑟抱妳的時候，妳也害羞了嗎？」

在她來不及回答那個問題的時候，少年又拋出了另一個問題。她的心緒千絲萬縷，無論是哪個答案，都會傷害到其中一人。

那麼，這樣的三角習題，還有解開的必要嗎？

「我……」艾薇的嗓音乾啞。

狄爾聽見她的聲音，在香如花叢的髮間裡抬頭。他的雙眸滿是動情的證據，即使含有一絲不安，他仍勇敢地凝視心儀的少女。

就在那一刻，車門被打開的聲音從兩人身後傳來。

橘髮少年愣了一下，下意識拉上衛浴間的簾子。

「供水站壞了，水箱只裝了一半……嗯？」其瑟困惑的嗓音迴盪在露營車內。

無人回應。

「……出去了嗎？」他自言自語。

簾子內，一對男女連大氣都不敢喘一下。

身後是機靈的少年，身前是裸身的男人。

金髮少女兩眼緊閉，第一次有了想跳車的念頭。

金毛小鳥閉眼是什麼意思？可以親她？

——秋爾

番外

鳥窩裡的捕獸夾

狄爾很高興他有機會驗證一個說法。

那就是，笨蛋是不會生病的。

「咳！咳！哈啾——」

「狄爾？你沒事吧？我看你快咳死了。」

沒錯，他生病了。

「……妳才快死了。」橘髮少年病懨懨地躺在床上，姑且還有力氣回嘴。

「不要一直說話！喉嚨會痛。」

金髮少女煞有其事地警告他，隨後拿著替換的毛巾敷在他額頭上。狄爾垂眸望著她忙前忙後的樣子，心裡微微一動。

「是妳問我的。」

「你只要睜開眼睛，讓我知道你活著就好。」

「哼，只要妳好好的，我就不會死。」

艾薇愣了一下，忙碌的雙手停在狄爾的額頭上。狄爾注意到她停下，這才發現自己剛才說了什麼不得了的話。

「呃，我的意思是……」

「好了，別說話。」幸好艾薇有理由叫他閉嘴。是病人，就該好好休息。

只不過，她也有點好奇剛才狄爾為什麼那麼說。

……害她整個人有點不對勁。

「是是是。」狄爾沒發現她微熱的臉龐，倒是有點懊惱自己的心直口快。那當然是一句肉麻的話，但他本來只是想說「妳還活蹦亂跳的，我怎麼會死」，誰知道話到嘴邊就變得那麼曖昧。

一點都不符合他「中二」少年的人設。

沒錯，狄爾，正值國中二年級的年紀。在頭頂著大太陽的夏天，居然中了該死的季節性流感。而他「親密」的盟友艾薇，正在他的房間裡照顧病懨懨的他。

他原本的室友都到外地讀書了，還剛好都住校。因此，他這才有幸看見金毛小鳥一個人為他忙進忙出的珍貴畫面。

不過，門口那邊怎麼有點暗？

狄爾瞇著眼望去，正好撞見其瑟站在那裡，精瘦的身子沒入陰影。

「……」他都搞不清楚是那裡本來就很暗，還是那傢伙太陰暗了。「喂，你站在那裡幹嘛？」

艾薇隨著狄爾的叫喊轉身，其瑟的表情立刻恢復正常。說是正常，其實也就是面癱，差別在於不會嚇死人。

「其瑟，你來探病嗎？」艾薇一邊忙一邊問。

其瑟冷回：「妳覺得有可能嗎？」

「……也是。」

其瑟的冷硬臉色與其說是針對艾薇，不如說是擺給狄爾看的。狄爾當然也沒想理他，閉上眼準備睡上第三輪。

忽然，他感覺到艾薇的長髮不經意地擦過他臉頰，像金色稻穗一樣帶有柔軟餘香。他還是沒睜眼，但他大概能想像到其瑟不高興的原因。

狄爾悄悄地勾起嘴角，在金髮少女的悉心照顧下墜入夢鄉。

「狄爾，起床了。」

恍惚中，甜膩的香氣縈繞鼻尖。少女的嗓音浸潤著他的耳畔，如此熟悉，卻又有點陌生。

「很累，再讓我睡一下……」他沒睜眼，本能地擁抱睡意。

「再不起床，我就要把你弄醒嘍？」

弄醒？

不知怎地，在耳邊迴盪的溫柔警告比平時更親密，吞噬著他的理智。狄爾想睜眼看她，卻先被突如其來的重量砸得緊縮五官。

「靠！妳做什……」狄爾的臉皺成一團。

他狼狽地睜眼，卻見金髮少女覆在自己身上，一雙狡黠的粉瞳富有趣味地朝他眨了眨。帶著香氣的鼻息撲在他臉上，他這才意識到她離自己有多近。

靠，她為什麼攻擊……不！不對！

她她她她她她她趴在他身上幹嘛？

狄爾的臉上浸滿血色，連動都不敢動。再、再怎麼說他也十四歲，就算性格大膽，他對這方面的事也還沒什麼經……

「還不起來嗎？」艾薇又問。

「喂！妳、妳幹嘛壓在我身上？很重！」他總算找回自己的聲音了。

「重點是很重嗎？」

她似乎有點失望，但一秒不到又動了一下身子。她調整姿勢，那張愉悅的臉又離他的脣更近了。

「……不是，妳幹嘛突然這樣？」

真要說，他不是不喜歡，起碼此刻紊亂的心跳已經出賣了他。但他和艾薇相處多年，她從來沒有這麼主動過啊！

應該說，他根本就不覺得她有把自己當男人看！

「不行嗎？反正你生病嘛，算是福利？」她無所謂地說。

福利？這種鬼話她也說得出來？

不對，他總覺得她有哪裡不對勁。該不會是被什麼怪東西附身了吧？

狄爾還在思考該怎麼讓她恢復正常，但意有所圖的狡猾少女在這時撫上他的臉頰。他的肌膚逐漸升溫，早已分不清是病毒讓他如此，還是眼前的少女影響他更多……可或許，她對他來說也是一種病。

「……艾薇？」

見他的嗓音變得沙啞，少女知道他動情了。她得意地彎起嘴角，以粉脣湊近他的鼻尖。
「怎麼了？狄爾，你那表情是在害怕嗎？」
「誰害怕了？我只是……」他輕咳兩聲，動搖的目光緩緩審視著她水潤的脣瓣。
一切都來得太快了，他還來不及確認她的心。
但他無法抗拒她的主動靠近，或許，這會是他領先的唯一機會——
不，他不能如此。
「金毛小鳥，妳忘記我得流感了嗎？不要靠我這麼近。」他難為情地別開臉。
儘管不去注視，他的身子仍可清晰地掂量出她的重量。包含她在他身上的曖昧觸感，還有她不安分的溫熱小手。
「沒關係，我不會生病。」
「妳怎麼確定？」
「你不是常說我是笨蛋嗎？笨蛋是不會生病的，放心！」說完，她竟在他的嘴角留下一個調皮的吻。
狄爾不敢置信地瞪大眼，有什麼東西在他的心底如煙火一般炸開了。
「艾薇，妳……」
這算什麼福利？難道，其瑟生病的時候，她也會這樣對他？
「嗯？」她仍舊一臉無辜。

一切都很不對勁，包括她異常自信的笑臉。她雖然神經大條，但也不是會把親密行為當作兒戲的傢伙。

即使如此，他還是……

狄爾的眼色一暗，在翻身的瞬間將她壓在身下。少女的金髮如瀑布飛散，纏繞住他撐著床鋪的掌心，以及他不斷顫抖的心。

艾薇並沒有透露出半分羞澀，而是如他意料地揚起嬌媚的笑。

「你想做什麼？」

「妳不知道嗎？」

兩句疑問，是他了然於心的祕密，也是他不願清醒的契機。

狄爾吻上她柔軟的唇，近乎失控地品嘗著她唇間的香氣。可他也很小心翼翼，深怕失足於此刻的溫柔陷阱，難以自拔。

心儀的少女伸手抱住他的脖子，熱情地給予回應。

而他心動著，卻也同時心痛著……

忽然，熱吻的雙唇再也吸不到空氣，似乎一不小心就會窒息。狄爾恍恍惚惚地睜眼，只見一望無際的「白」橫在眼前。

「唔……唔嗚嗚嗚嗚！」

橘髮少年死命掙扎，隨手將眼前的白色枕頭拋得老遠。其瑟面無表情地站在床邊，一臉鄙視。

「靠！你拿枕頭蓋住我的臉？」狄爾不敢置信。
「只是放著而已，別說得好像在殺人一樣。」
「有差嗎？重點是你幹嘛放？」
其瑟看了他幾秒，臉上一樣沒什麼變化，「我看你邊睡邊露出糟糕的表情，只好出手把你弄醒。一定是惡夢吧？不用客氣。」
「……」
他一定知道他作了什麼夢！
狄爾煩躁地抓了抓頭，一臉不悅地坐起身。但想起剛才的夢境，他還是有點心虛。
靠，那就是傳說中的春夢吧？他怎麼會對金毛小鳥作那種羞恥的夢？
「狄爾！你起床了喔？」艾薇朝氣十足的聲音響起，「好一點沒？今天你睡了好久。」
狄爾見她毫不知情地衝進房間，頓時不敢看她的臉。
唉，他這是幹嘛？反正她又不知道。
而且他什麼都還沒做呢！
「……好像差不多了。」
說實話，在她的細心照顧下，他的燒退得差不多了。只要再休養兩天，大概就沒問——
「哈啾！」低沉的噴嚏聲打亂了狄爾的思緒。
兩人面無表情地望向其瑟。

而其瑟默默地背過身，有點難為情地揉了揉發癢的鼻子。

三天後，其瑟發燒了。

狄爾活蹦亂跳地笑了他整個早上。

艾薇再度忙碌起來，跑到其瑟的房間努力地照顧正在發燙的「冰塊」。狄爾偶爾會來看看他死了沒有，但其瑟並不是很想領他的情。

這天又是假日。艾薇似乎永遠都活力十足，一臉驚喜地拿走他含在嘴裡的溫度計。

「哇！其瑟，你終於退燒了。」

銀髮少年的聲音本來就很低，此刻簡直要跟地鳴融為一體。

「嗯……」

「現在感覺怎樣？」

「好多了，咳咳。」其瑟遮住嘴巴，似乎不想傳染給她。「艾薇，妳回去吧，到時候被我傳染。」

「不會啦！有的話也來不及了，我待在你和狄爾身邊那麼久了。」她笑咪咪地回絕。

也對，她接連照顧了他們好幾天，不曉得接觸到了多少病毒。艾薇平常總是一臉不可靠的樣子，沒想到這麼會照顧病患。

其瑟不自覺地笑了。

艾薇津津有味地望著他的笑臉，「笑了耶？好難得喔。」

「……」其瑟撇過臉，把不好意思的模樣埋進白色枕頭。

「我再去倒點熱水給你。」

金髮少女留下如風鈴般的輕巧話音，便開開心心地走了。其瑟回過頭，看了一眼她離開的背影。

旖旎的思緒如同煙霧，在腦中緩緩升起。

可惜三分鐘後，他沒等到想見的人。取而代之的，是不可一世的橘毛小子。

「喂，你還活著吧？」狄爾悠哉地走進房間。

「那場病把你的眼睛也一起燒壞了嗎？我人還好好地躺在這裡，你說呢？」

狄爾翻白眼，「你那張嘴裡就不能吐點象牙？」

其瑟不想理他，翻身背對他質疑的目光。

「欸，你昨天晚上在想啥？」狄爾忽然問。

銀髮少年一點也不想跟他談心，正打算叫他滾出房間，腦中卻忽然閃過一個令人動搖的畫面。狄爾敏銳地捕捉到他異樣的思緒，笑得露出一排白牙。

「你昨晚也作夢了對吧？」

「聽不懂你在說什麼。」其瑟冷冷地回。

「哈！我本來也想報答你的恩情，把你從『惡夢』裡救出來，沒想到你自己驚醒了。」狄爾嘖了幾聲，「究竟是惡夢太可怕，還是罪惡感太重呢——」

「看不出來我不歡迎你嗎？回去你的房間。」其瑟不爽地打斷他。

「知道了、知道了，別好得太慢啊，沒人吵架太無聊了。」

扔下一句不曉得是祝福還是諷刺的話，狄爾便得意洋洋地走了。

就知道他是來「報仇」的。其瑟不悅地閉上雙眼，卻在一片黑暗中想起了昨晚的夢境。

「其瑟，你要不要吃點粥？我來餵你！」

金髮少女就坐在床邊，離他非常近。她溫柔地吹涼湯匙上的白粥，笑著塞到他嘴邊。她的眼裡簡直要滴出蜜來。

「嗯。」

他一開始就發現那是夢了。艾薇遲鈍歸遲鈍，不至於那麼沒分寸。

不過，那又如何？

其瑟看似乖巧地張開薄唇，任由她餵食。在吃了數口之後，他忽然抓住艾薇的手腕，喉間溢出低沉的笑意。

「要不要用嘴餵我？」

「咦？」少女愣了一下，隨後慷慨地答覆：「好，我餵你。」

艾薇緩緩地在嘴裡含了一口粥，毫無遲疑地朝他的臉靠近。在她雙唇覆上的那一刻，其瑟的目光轉暗，流淌著壓抑的渴求。

他伸手纏住她的金髮，先是吞下那口白粥，再侵占她的粉唇。一次又一次，心甘情願地陷入夢幻泥沼。

他毫無遲疑，只因這是場夢。

他不必在意她是否會逃離，無須害怕她是否從來就不心悅於自己。

這一刻，他無論怎麼渴求她都可以被赦免。

「……艾薇，妳在想什麼？」他放開她的唇，在齒間的間隙探問。

他終於能知道她的心思了，哪怕這全都是假的。

「你問我在想什麼？」她笑語如夢，眼神如詩，「當然是，我喜歡其——」

那一刻，無人打碎少年的美夢，他卻自己驚醒。窗外夜色如墨，如同他一直想從她口中知道的那個答案，晦澀難猜。

這年，他十四歲，是情竇初開的年紀。

但他不願去思考，自己為什麼在夢裡見到了她。

幾天後的一個週末，金髮少女難得沒去男宿騷擾那兩人。

中午十二點，狄爾和其瑟同時出現在女宿的鐵門前，嫌惡地看了對方一眼。

「靠，金毛小鳥不會被你傳染了吧？」

「……你別忘了，我也是被你傳染的。」

兩人不忘唇槍舌劍，一邊吵一邊往艾薇的房間走。

三分鐘後，其瑟伸手敲了敲門，狄爾看了不耐煩，直接轉開門把進去。

金髮少女在床上睡得正死。

「喂！金毛小鳥，妳還好嗎？是不是有哪裡不舒服？」狄爾率先走過去，還伸手想摸她的額頭確認溫度。

其瑟不爽地制止他，面無表情地指著放在床頭的平板電腦——

那是三天前她向其瑟借來的。此刻，平板電腦的螢幕上正播放著熱門影集，顯然某人忘了按下暫停。

「……」

靠，原來是追劇追到天亮。

「果然，笨蛋是不會生病的。」

「……勉強同意。」

在歷經三週的流感風波後，他們終於得到了一個無懈可擊的結論。

呼……呼……男主角好帥喔。

——艾薇

——未完待續

後記

哈囉，我是凝微！《我想逮住你的目光》是我在三日月的第一部作品，真的很高興能在這裡見到大家！

這次的故事對我來說算是一個全新的挑戰，除了試著寫我一直很想寫的「雙男主角」設定之外，這也是我第一部有分上、下集的作品，雖然字數多了非常多，有很多要考慮的地方，但我寫得很開心！也希望你們會喜歡這個故事！

故事中的三個主角各自擁有不同的超能力，分別是鍾情、遺忘和讀心，可以說是直接開掛了，有種在人生Online選到簡單模式的感覺？？凝微喜歡這個（指）

但也因為天生就擁有與眾不同的「魔法」，他們多了一些正常人不會有的煩惱……嗯，算是奢侈的煩惱？

相信大家也慢慢從故事中看出一些端倪了，尤其是艾薇。「每個人都喜歡她」這件事，對她來說是理所當然的，所以當她遇見不受她天賦影響的狄爾和其瑟時，自然會產生一些不自信的想法。至於對未來會有什麼影響，還請大家繼續看下去了。

下集的故事脫離了校園生活，主角們也會有更精采更有趣更香（？）更曖昧的事件發生，還會更加深入地探討性格上的成長和轉變，當然也包含了大家最關注的感情走向。非常非常非常期待能在下集看到大家！說好了，我們不見不散喔～～（痛哭）（哭屁）

在此也非常感謝天使編輯在出書過程中給我的幫助，還有細流小仙女畫的超帥超辣的狄爾（流口水）！！！！第二集封面會是冰山美男其瑟，請跟我一起期待眼球淨化的瞬間吧！

最後，還是要跟大家說，歡迎來我的ＦＢ粉專「凝微花間遊」和ＩＧ「@ningwei_flora」找我聊天喔！新書出版時，粉專都會舉辦抽獎、曬書或心得活動，獎品豐富（可能會有驚喜番外），千萬別錯過啦！

最重要的是，趕快來分享一下：狄爾和其瑟，你站哪一派？（扭）

凝微 2024.9.13

高寶書版集團
gobooks.com.tw

FW407
我想逮住你的目光（上）

作　　者　凝微
繪　　者　細流Xiliu
編　　輯　陳凱筠
設　　計　林檎
排　　版　彭立瑋
企　　劃　賴麒妃

發 行 人　朱凱蕾
出　　版　三日月書版股份有限公司
　　　　　Mikazuki Publishing Co., Ltd.
地　　址　臺北市內湖區洲子街88號3樓
網　　址　www.gobooks.com.tw
電　　話　(02) 27992788
電　　郵　readers@gobooks.com.tw（讀者服務部）
傳　　真　出版部　(02) 27990909　行銷部 (02) 27993088
郵政劃撥　50404557
戶　　名　英屬維京群島商高寶國際有限公司台灣分公司
發　　行　英屬維京群島商高寶國際有限公司台灣分公司 / Printed in Taiwan
　　　　　Global Group Holdings, Ltd.
法律顧問　永然聯合法律事務所
初版日期　2025年2月

國家圖書館出版品預行編目(CIP)資料

我想逮住你的目光 / 凝微著. -- 初版. -- 臺北市 : 三日月書版股份有限公司出版 : 英屬維京群島高寶國際有限公司臺灣分公司發行, 2025.02-
　面； 公分. --

ISBN 978-626-7391-30-3 (上冊 : 平裝)

857.7　　113012656